光文社文庫

長編時代小説

狐舞（きつねまい）

吉原裏同心㉓

決定版

佐伯泰英

JN031920

光　文　社

目次

新吉原廓内図

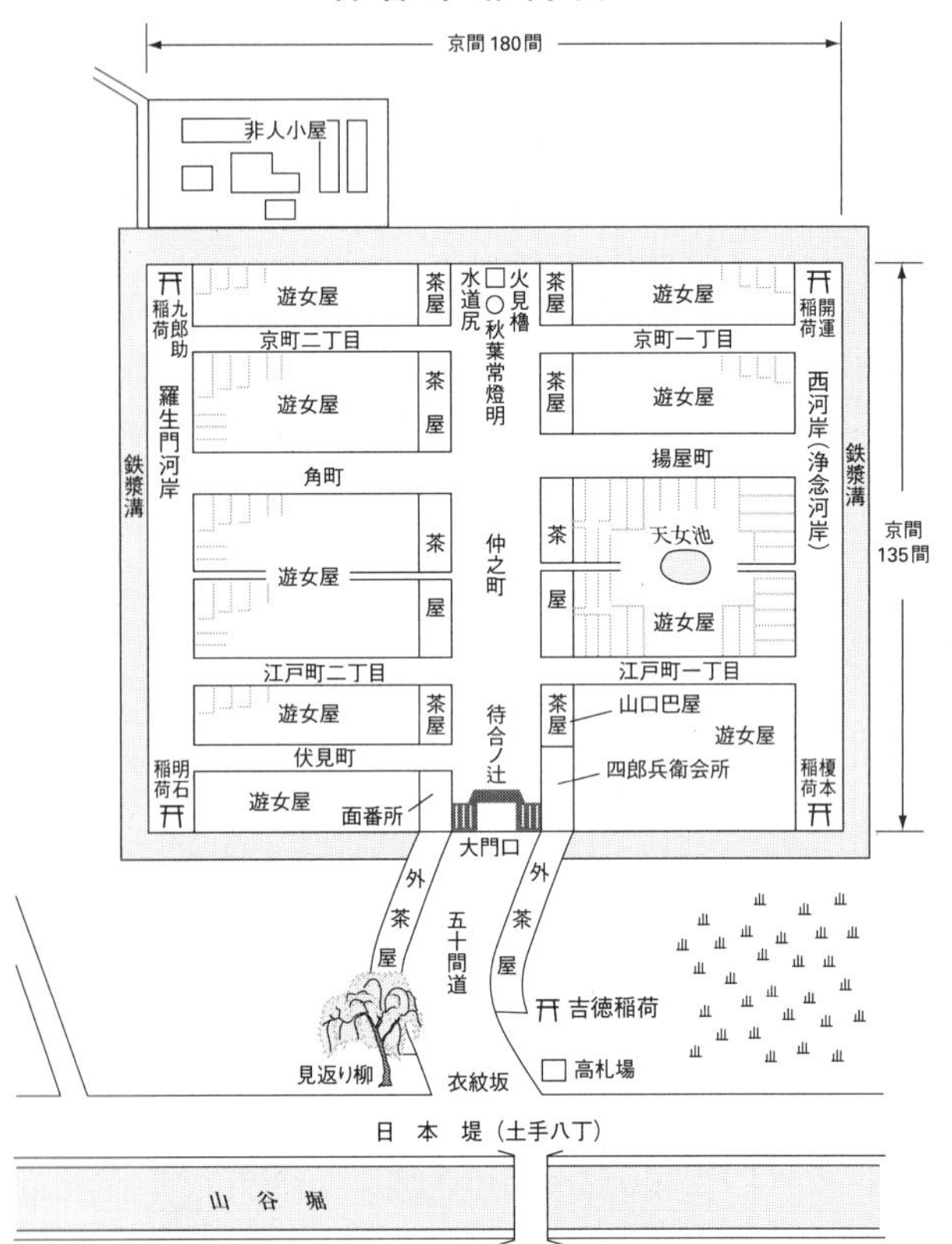

京間180間
非人小屋
九郎助稲荷
遊女屋
茶屋
京町二丁目
水道尻
火見櫓
秋葉常燈明
茶屋
遊女屋
開運稲荷
京町一丁目
羅生門河岸
遊女屋
茶屋
茶屋
遊女屋
西河岸（浄念河岸）
鉄漿溝
鉄漿溝
角町
揚屋町
遊女屋
茶屋
仲之町
茶屋
天女池
遊女屋
京間135間
江戸町二丁目
江戸町一丁目
遊女屋
茶屋
茶屋
山口巴屋
遊女屋
伏見町
待合ノ辻
四郎兵衛会所
明石稲荷
遊女屋
面番所
榎本稲荷
大門口
外茶屋
五十間道
外茶屋
吉徳稲荷
見返り柳
衣紋坂
高札場
日本堤（土手八丁）
山谷堀

北
東
南
西
荒川
千住大橋
鐘ヶ淵
隅田村
千住道
小塚原
隅田川
三河島
日暮里
田端
駒込
谷中
日本堤
新吉原
金杉上町
今戸町
鷲神社
山谷堀
今戸橋
浅草寺
千駄木
白山
下谷
東叡山
寛永寺
根津権現
本郷
御薬園
小石川
東本願寺
浅草花川戸町
幡随院
広徳寺
阿部川町
中堂
伝通院
不忍池
新堀川
吾妻橋
田原町
竹町ノ渡し
三間町
菊坂町
池之端仲町
下谷広小路
御徒町
並木町
駒形堂
蔵前
湯島天神
春日町
水戸徳川家
北割
牛込
森田町
石原町
御米蔵
神田明神
神田川
外神田
向柳原
神楽坂
牛込御門
小石川御門
水道橋
天王町
浅草橋
柳橋
御竹蔵
南割下
番町
昌平橋
筋違御門
和泉橋
柳原土手
両国広小路
本所
市谷
田安御門
俎板橋
雉子橋御門
一ツ橋御門
内神田
馬喰町
両国橋
回向院
竪川
市谷御門
清水御門
神田橋御門
小伝馬町
今川橋
日本橋
新大橋
常盤橋御門
北町奉行所
小名木川
室町
江戸橋
麹町
江戸城
半蔵御門
呉服橋御門
仙台堀
深川
日本橋
南茅場町
西之御丸
材木町
永代橋
鍛冶橋御門
京橋
八丁堀
組屋敷
南町奉行所
富岡八幡宮
霊岸島
永田町
桜田御門
赤坂御門
石川島
数寄屋橋御門
越中島
山王日枝神社
西本願寺
新橋
築地
佃島
溜池
幸橋御門
汐留橋

『狐舞』主な登場人物

神守幹次郎……豊後岡藩の馬廻り役だったが、幼馴染で納戸頭の妻になった汀女とともに逐電の後、江戸へ。吉原会所の七代目頭取・四郎兵衛と出会い、剣の腕と人柄を見込まれ、「吉原裏同心」となる。薩摩示現流と眼志流居合の遣い手。

汀女……幹次郎の妻女。豊後岡藩の納戸頭との理不尽な婚姻に苦しんでいたが、幹次郎と逐電、長い流浪の末、吉原へ流れつく。遊女たちの手習いの師匠を務め、また浅草の料理茶屋「山口巴屋」の商いを手伝っている。

四郎兵衛……吉原会所の七代目頭取。吉原の奉行ともいうべき存在で、江戸幕府の許しを得た「御免色里」を司っている。幹次郎と汀女を吉原に迎え入れた後見役。

仙右衛門……吉原会所の番方。四郎兵衛の右腕であり、幹次郎の信頼する友。

玉藻……四郎兵衛の娘。仲之町の引手茶屋「山口巴屋」の女将。

三浦屋四郎左衛門……大見世・三浦屋の楼主。吉原五丁町の総名主にして四郎兵衛の盟友であり、ともに吉原を支える。

薄墨太夫……吉原で人気絶頂、大見世・三浦屋の花魁。吉原炎上の際に幹次郎に助け出され、その後、幹次郎のことを思い続けている。幹次郎の妻・汀女とは姉妹のように親しい。

身代わりの左吉……罪を犯した者の身代わりで牢に入る稼業を生業とする。裏社会に顔の利く幹次郎の友。

村崎季光……南町奉行所隠密廻り同心。吉原にある面番所に詰めている。

桑平市松……南町奉行所の定町廻り同心。以前に探索が行き詰まった際、幹次郎と協力し事件を解決に導いた。足で探索をする優秀な同心として知られている。

足田甚吉……豊後岡藩の長屋で幹次郎や汀女と一緒に育った幼馴染。岡藩の中間を辞したあと、吉原に身を寄せ、料理茶屋「山口巴屋」で働いている。

柴田相庵……浅草山谷町にある診療所の医者。お芳の父親ともいえる存在。

お芳……柴田相庵の診療所の助手。幼馴染の仙右衛門と夫婦となった。

正三郎……四郎兵衛に見込まれ、料理茶屋山口巴屋の料理人となった。玉藻の幼馴染。

長吉……吉原会所の若い衆を束ねる小頭。

金次……吉原会所の若い衆。

政吉……吉原会所の息のかかった船宿牡丹屋の老練な船頭。

狐舞（きつねまい）――吉原裏同心（23）

第一章　幼馴染

一

世間では気忙しい師走が到来した。一方、吉原ではいつものように華やかでいて切ない日々が繰り返されていた。

神守幹次郎がこの日大門を潜ると、仲之町の左右の妓楼や引手茶屋から煤払いが行われている気配がした。

「そうか、本日は煤払いの日であったな」

幹次郎は大門で立ち止まり、師走の十三日と決めて行われる大掃除を眺めた。

「なにをのんびりしたことを言うておる」

面番所の前に立った隠密廻り同心の村崎季光が幹次郎の独り言を咎めた。

「神守幹次郎どの、そなた、吉原に慣れ過ぎて師走の行事を忘れたのではないか。よいか、師走はなにかと紋日が続く、世間も忙しない。とかくかような時節には火事が出たり、異変が起きたりするものだ。しっかりと気を張らぬか」

幹次郎は村崎を顧みて、

「村崎どのが申されること、一々ごもっともにござる」

と一礼した。

「なんだ、かように遅い出勤は。気が弛んでおらぬか」

「それがしもそう自覚しております。ゆえに」

「ゆえに、なんだ」

「いえ、下谷の津島傳兵衛道場の朝稽古にて汗を流してきました」

「なに、朝っぱらから剣術の稽古じゃと、呆れた。そなた、もはや傷は癒えたのか」

霜月、按摩の孫市が殺害された騒ぎが起こり、その下手人の牧造の捨て身の反撃に遭って幹次郎は、胸を斬り裂かれる怪我を負った。そのことを村崎は言っていた。

「その節は心配をかけました。もはや傷は癒えました。ゆえに数日前から津島道場に通っております」

「あの騒ぎについてそれがし、そなたに忠言したかったのだが機会がなかった。そもそも台屋の仕入れ方などから怪我を負わされること自体、吉原会所の裏同心の務めを甘くみておった証しではないか」

「いかにもさようにございます」

「いけしゃあしゃあと抜かしおって。油断をしておるから町人に怪我を負わされるのだ。この村崎季光を見てみよ。吉原面番所の隠密廻り同心を命じられて幾星霜、それでも怪我ひとつ負ったことはないわ。それもこれもだ、常に気を張って務めに精進しておるからだ」

「もっともにございます。今後は村崎どのを見倣い、できるだけ危ない場から身を避けるように努めます」

「それだ、われら表と裏と違うとはいえ同心が心すべきことだ。命はひとつ、それを大事にせんでどうする」

「親切なる忠言、神守幹次郎、身に染みました。では、これにて御免」

ふたたび頭を軽く下げた幹次郎は面番所とは反対側に設けられた吉原会所の戸口に向かった。すると中から、

すうっ
と腰高障子が引き開けられた。

会所の中で若い衆が聞き耳を立てていたらしく、金次が障子戸を無言の裡に引き開けたのだ。

「なんだ、そのほうら。殿様でもあるまいし戸くらい裏同心に開けさせろ」

文句を放った村崎が面番所の戸を乱暴にも引き開けて姿を消した。

吉原会所の戸も閉じられた。

すると一斉に笑いが起こった。

「だんだんと村崎同心いじりが巧妙になってきますな」

小頭の長吉が顎を撫でながら感心した。

「村崎様は神守様にいじられているのを、褒められているとでも考え違いしていないか」

「神守様が村崎同心に心服でもしていると心得違いをしておるぞ」

と若い衆が言い合い、幹次郎が腰から一剣を外しながら一同に、

「ご一統、それがし、面番所の村崎季光どのには衷心より感服仕ってござる。それがしが会所の裏同心の駆け出し時代から目標にしてきた先輩同心ですからな。

されどあちらは公の町奉行所隠密廻り同心どの、こちらは町奉行所のお目こぼしで許される裏同心、比べようもござらぬがな」

「神守幹次郎の言葉に長吉が、

「神守様、わっしらにまでさ、なんだか白々しい言葉を連ねなくてもよさそうなものだがね」

と幹次郎に文句をつけた。

「いえ、長吉どの、本心にござる」

幹次郎が会所の広土間に置かれた大火鉢の傍に寄った。

「ああ、忘れていた。神守様にお客人が見えておりますぜ。七代目と番方がお相手しておられます」

と長吉が言い、

「それがしに客じゃと、どなた様であろうか」

幹次郎はだれに訊くともなく漏らした。

「お侍ふたりですよ」

「武家方じゃと」

小首を傾げながらも広土間から真ん中に太い柱が立つ板の間に上がり、幹次郎は奥へ向かった。

「小頭、神守様、ほんとうに村崎同心のことを敬っているような言葉だったな」

「金次、そこが神守様の巧妙なところだ。おれたちまで騙されかねないな」

と長吉が応じたものだ。

幹次郎は奥座敷への廊下を歩きながら、武家方という訪問者に全く心当たりがなく思い浮かばなかった。

閉め切られた座敷には重い沈黙があった。

「七代目、遅くなりました。なんぞ御用がございましょうか」

と廊下に座して声をかけた。

「おお、出勤なされましたか。お入りなさいまし」

七代目頭取四郎兵衛のほっとしたような返答に、

「御免くだされ」

とふだんにも増して丁寧に障子を引き開け、一礼した。

長火鉢を挟んで四郎兵衛と向き合うふたりの黒羽織が幹次郎を見た。そして、番方は苦虫を嚙み潰したような顔で座敷の隅に座していた。

四人の男の間には緊張があって、坪庭には白い寒椿に師走の光が当たっていた。

幹次郎は、見知らぬ顔の武家方に黙礼して座敷に入った。

「なんぞ御用でございましょうか、七代目」

主はあくまで四郎兵衛であることを示して、幹次郎の視線は七代目に向けられていた。

「神守幹次郎様、こちらのお武家様方をご存じにございますか」

幹次郎は四郎兵衛の言葉を受けて初めてふたりの武家に視線を向けた。

細面は三十前後か。着こなしから見て江戸に参勤交代で出てきた勤番者ではないように思えた。浅葱裏ではない、江戸藩邸育ちだ。

浅葱裏とは国表から出てきた勤番侍が着る羽織の裏地を指す。不粋にも浅葱裏を平然と使うゆえに、江戸に慣れない勤番者をこう表わした。川柳にも、

「浅ぎうら　路地で引っつり　引っぱられ」

と田舎侍が切見世（局見世）をそぞろ歩く様子が描かれている。

もうひとりは四十過ぎか。こちらは武骨にして横柄が身についた浅葱裏の典型

のような武左であった。

　ふたりは幹次郎を値踏みするような冷たい視線を寄越した。

　幹次郎は顔を横に振って、覚えがないことを七代目に知らせた。

「えへん」

　と浅葱裏が空咳をした。

「豊後岡藩中川久持様が家臣、江戸御留守居役四十木元右衛門様に御目付の笹内陣内様にございます」

　四郎兵衛の言葉に幹次郎は内心どきりとしたが、顔にその気配を見せることはなかった。長年吉原会所で修羅場を潜ってきた賜物だ。

「そのほうが当家馬廻り役十三石神守幹次郎か」

　細面の四十木が幹次郎に威圧するような口調で言った。

　幹次郎はしばらく沈黙で応じた。

　長い沈黙を破って御目付の笹内がなにか言いかけるのを四十木が手で制して、

「問いに答えよ」

　と命じた。

「四十木様と申されましたか。それがしが岡藩の馬廻り役であったのは随分昔のことにございます」

「とは申せ、わが藩の下士(かし)であったことに間違いあるまい」

「いかにもさよう。そのことを打ち消す気は毛頭(もうとう)ございません。されど岡藩から離籍して十四年の歳月が過ぎております。もはやそれがしは」

「岡藩となんの関わりもないと申すか」

御目付の笹内が我慢し切れぬという口調で幹次郎に質(ただ)した。

「なんぞ関わりがございましょうかな」

幹次郎はわざとゆったりとした口調で問い返した。

「一度でも餌(えさ)をもらった犬とて、恩義は忘れぬものよ。まして中川家に代々馬廻り役として奉公したそのほうだ。上役(うわやく)に大いなる迷惑をかけての脱藩騒ぎも起こしておる。恩義の一片は残っておろう」

笹内が真っ赤な顔で言い放った。

ふたたび幹次郎は口を閉ざして間を空(あ)けた。

「どうだ、神守」

四十木が問うた。

「ございませぬ」

幹次郎がはっきりと言い切った。

「なにっ」

笹内がいきり立った。

「神守、そのほうが脱藩した折り、殿は八代中川久貞（ひささだ）様であった」

幹次郎が四十木の問いに小さく頷（うなず）いた。

「覚えておったか」

幹次郎は名を覚えていた。だが、馬廻り役十三石では間近で殿の顔を拝したことはない。殿様は遠くにあって頭（こうべ）を低くし、拝した記憶がかすかにあるだけだ。

「久貞様は本年五月二十日に身罷（みまか）られた。そのことはいくらなんでも承知していような」

「いえ、存じませんでした」

「恩義を受けた覚えもなし、殿様の生死すら知らぬか」

「四十木様、十四年は人を変えるに十分な歳月にございます」

と答えた幹次郎は、旧藩のふたりが何用あって吉原会所に幹次郎を訪ねてきたか、さっぱり見当がつかなかった。

「四十木様、本日この神守幹次郎になんぞ用があって吉原まで足をお運びでございますか」

「ある。あるゆえ御留守居役様が自ら足を運ばれたのじゃ」

笹内が言った。

「何用でございましょう」

「喜べ」

と笹内が横柄にも言った。

「なにを喜べと申されますので」

「九代目久持様は御歳十五ながら聡明な藩主であらせられる。先代の久貞様が開設された由学館、経武館、博済館の文武医の三藩校を久持様は充実したものに致すために藩内外から人材を募られることにした。そこで殿は、これまでの恩讐を超えて神守幹次郎、そなたを藩に戻し、登用することを決せられた」

どうだ、という顔で四十木が幹次郎を見た。

「喜べ、殿の優しいお心遣いだ」

と笹内が言い足した。

幹次郎はふたりを見返した。

四郎兵衛も番方の仙右衛門も黙って話を聞いていた。だが、その顔には呆れたという表情が浮かんでいた。

「真面目(まじめ)な話にございますか」

「真面目な話とはなんだ。われら両人が直々(じきじき)に殿の使者として吉原まで足を運んだのじゃぞ、戯言(ざれごと)などではない」

「戯言であればまだようございましたな」

「なんだと」

「笹内どのと申されたか」

とわざと念を押した幹次郎は、

「それがし、岡藩にあったとき、馬廻り役十三石の下士にございました。それはお手前方が最前思い出させてくれましたな」

「なにが言いたい」

「お手前方、それがしの名を在藩中に承知でしたか」

「知るわけもなかろう」

「で、ございましょうな。まして十五歳の当代の殿様が神守幹次郎の名を知るわけもございますまい。若い殿様にだれぞが浅はかにも入れ知恵した結果、お手前方が会所に見えられた。つまり久持様は一切ご存じない」

「そのようなことはどうでもよきことだ。神守幹次郎、殿のお心遣い、受けるな」

「お断わり致します」

「なに、七万三千石の岡藩にふたたび召し抱えようという話だぞ。不浄下賤なる遊里吉原会所の用心棒などと比べようもない話ではないか」

番方の仙右衛門が大きな音で舌打ちした。

笹内がじろりと睨んだが、仙右衛門は平然としたものだ。

「なんだ、そのほう」

「おまえ様方、この吉原の大門を潜ったことはないですかえ。それを不浄下賤と言いなさいますかね。恐れながら吉原は天下御免の色里ですぜ。公方様も認められた御免色里を蔑みなさったね。その四文字取り消しなされ」

「関わりなき者がうだうだと申すでない」

笹内が大声を上げた。

「神守幹次郎、もう一度繰り返す。豊後岡藩七万三千石に復藩せよ。こたびは上士扱いでの仕官じゃ」

「四十木様、それがし、吉原会所に奉公してようやく生き甲斐を見つけました。

こたびの仕官話の裏にどのようなことが隠されておるか知ろうとも思いませぬし、仕官など努々考えたこともございませぬ。お帰りなされ」

「なにっ」

御目付の笹内陣内が刀を摑むと、片膝を立てた。

「おまえさん方の頭ん中は、一体全体どうなっているんですかい。江戸じゃあね、二本差しの侍なんてのは見飽きているんでございますよ。もはや刀は腰の飾りでしかねえ。そいつを天下御免の色里の中で抜いてごらんなさい。迷惑をこうむるのは岡藩、十五歳の殿様が腹を召すことにもなりかねませんぜ」

番方が得意の舌鋒で大仰に脅かした。

「おのれ、言わせておけば」

刀の柄に手を掛けた笹内を制した四十木が、

「年の功でそなたが神守に言い聞かせてくれぬか」

と四郎兵衛に願った。

「四十木様、この話は無理にございますよ。吉原会所でも神守様は大事なお方でございましてな、ご当人がその気なれば別でございますが、神守様の気持ちはお聞きの通りだ。うちも神守様を手放す気などは毛頭ございません。お帰りくだされ」

「四郎兵衛というたか。われら、岡藩七万三千石の体面にかけてもこの話、押し通すつもりだ。それでも抗うか」

「二言はございません」

四郎兵衛のきっぱりとした返答に四十木元右衛門が、

「後悔することになるぞ」

「さて、それはどちらにございましょうかな。そなた様も岡藩江戸藩邸の御留守居役ともなれば、吉原がどのような場所か知らぬわけではございますまい。城中でお若い殿様が恥を掻くことにならぬよう、用心が肝要かと存じますがな」

「よし、そのほうらの存念聞いた」

と四十木が立ち上がり、

「神守幹次郎、われら、そなたが岡藩に後ろ足で砂をかけるようにして脱藩した経緯覚えておる。決してそのほうのいいようにはさせぬ」

笹内も仁王立ちで幹次郎を睨みつけた。

「おふたり様、お帰りはこちらにございます」

と番方が障子を引いて表口を指し示し、

「小頭、お帰りだ。そのあとな、しっかりと塩を撒いておきな」

と大声で命じた。

ふたりがどんどんと廊下を踏み鳴らして姿を消した。

「七代目、番方、不愉快な思いをさせましたな。申し訳ございません」

幹次郎がふたりに詫びると、

「神守様が謝る話じゃないや」

と仙右衛門が言い、

「この話、尾を引きそうだ。番方、四十木某の動きを調べておきなされ」

四郎兵衛が腹心の部下に命じた。

二

師走の煤払いが大方終わり、遊女たちは定紋入りの手拭いを妓楼の奉公人などに配った。ふだんから世話になる奉公人に配るのは、

「今年も世話になりました」

との意味も兼ねていた。

そんな手拭いを馴染の客のお店などに届けさせる遊女もいた。この手拭い配りは吉原の紋日とは関わりがない。

遊女が手拭いを配るのは廓内の煤払いについてくる行事であった。

吉原にとって紋日は救いの神であり、客や遊女にとっては負担であった。紋日は揚げ代が倍に値上がりしたからだ。そこで妓楼はなにかと曰くをつけて紋日を増やし、揚げ代を稼ごうとした。そんな流行が吉原の首を絞めていた。多い月には三日に一度が紋日であったからだ。

天明七年（一七八七）、年中の紋日の数を昔の倍にしたために、紋日を客が避けるようになっていた。

ともあれ師走の行事がひとつ済んでだんだんと年の瀬が押し詰まってきた。

幹次郎は昼見世前の廓内を番方の仙右衛門と見廻りに出た。すると格子の向こうから、

「裏同心の旦那、番方」

と手拭いを差し出す遊女がいた。

「わっしらまで手拭いを頂戴できるんで。若葉さん、有難うよ」

番方が丁寧に礼を言って、もらった。

そんな手拭いが五本ほど懐に溜まったところで、三浦屋の大籬（大見世）の前を通りかかると暖簾からお呼びがかかった。男衆が、

「会所の皆さんへとうちから煤払いの手拭いでございます」

と風呂敷包みが渡された。

「三浦屋さん、恐縮だ。わっしらは務めを果たしているだけだ」

と言いながらも仙右衛門が有難く受け取った。すると男衆が幹次郎の顔を見て、

「薄墨太夫の心遣いですよ。私どもも頂戴しました」

と囁いた。

「会所一統にまで気を配ってくだされた太夫にお礼を申し上げてくだされ」

と幹次郎が応じて表に出た。

昼の張見世に薄墨が姿を見せることはまずない。

幹次郎と仙右衛門は張見世の中に一礼し、仲之町に出た。

「どうやら廓内は事もなしだ。どうですね、神守様、馬喰町に行ってきては」

仙右衛門が身代わりの左吉に年の内に会っておいてはと遠回しに勧めた。

「よいか」

「夜見世までに戻ってきなせえ。七代目にはわっしから伝えておきます」

「ならば、そうさせてもらおう」

幹次郎は懐にあった手拭いを番方に預けていこうかと一瞬考えた。だが、そのまま懐に入れて大門の外に出た。

五十間道(ごじっけんみち)には編笠で顔を隠した武家の姿がちらほら見えた。

夜見世のぴーんと張った雰囲気と違い、昼見世にはどことなくのんびりとした空気が漂っていた。

昼遊びの客は、勤番侍が多かった。

参勤上番(じょうばん)で江戸に出てきたはいいが、殿様に従い、登城(とじょう)する家来は限られていた。当然大半の家臣が江戸藩邸のお長屋で日がな一日無為(むい)に過ごすことになる。

そこで無為な家臣たちは寺社仏閣を見物して回ったり、芝居(しばい)小屋に出入りしたり、なんとか金子(きんす)を都合した者は吉原や四宿(ししゅく)に足を延ばしたりして遊んだ。むろん夜見世より遊び代も安い。

一方でお店に奉公する者や職人衆には仕事があり、昼見世に顔出しできるわけもない。そんなわけで、

「昼見世は野暮な武家方、夜見世は遊び慣れた町人」

と吉原の客筋は昼と夜でくっきり分かれていた。

幹次郎は昼下がりの浅草御蔵前通りを南へと歩いて、浅草橋へ向かっていた。

幹次郎は浅草橋を渡り、旅人宿が多く並ぶ馬喰町に入り、一丁目と二丁目の辻で裏路地に入った。そこには虎次親方の煮売り酒場が昼から店を開けていた。

だが、目当ての左吉の姿はなかった。

「おや、神守様だ」

このところ急に料理の腕を上げたと虎次親方が褒めていた料理人見習いの竹松が幹次郎の姿を認めて声をかけてきた。

店にはふた組の客しかいなかった。

「目当ては左吉さんか。もう来るよ、最前ちらりと店の前で見かけたらさ、煙管の具合がよくないから煙管屋に掃除させる、直ぐに戻ってくると言い残していったもの」

と教えてくれた。

「ならば待たせてもらおう」

「師走の吉原の景気はどうですね。このご時世だからさ、客足が少ないんじゃないかね」

竹松が吉原の商いを案じてくれた。

「馬鹿野郎、しがない煮売り酒場の見習いが天下御免の吉原の心配をしてどうなるんだ」

縄暖簾の向こうから虎次親方がねじり鉢巻き（はちまき）の顔を見せた。

「親方、時候（じこう）の挨拶（あいさつ）だよ」

「ふーん、ここんとこそわそわしているようだが、吉原なんぞに隠れ遊びに行こうなんて考えてないか」

「親方、よしてくんな。大門なんぞ潜ってみな、会所の若い衆は、皆おれの面（つら）を承知なんだよ。直ぐに親方に知らせが行かないか」

「竹松、来るだろうな」

「そんなことは承知だからよ。おりゃ、四宿で我慢するよ」

「なに、てめえ、やっぱりそんなことを考えてやがったか。見習いが隠れ遊びなんてまだ早いや」

と虎次親方に怒鳴（どな）られた竹松が、

「冗談もおちおち言えないや、直ぐにこれだもの」

とぼやいた。

「おお、忘れておった」

幹次郎がもらったばかりの手拭いを親方に渡した。

「そうか、今日は十三日、煤払いか」

虎次はさすがに吉原の内々の行事まで承知していた。昔、遊んだ口だろう。

「親方、そういうことだ。見廻りをしておると、われらにまで遊女衆が定紋入りを呉(く)れるのだ。こちらで使ってくれぬか。そのほうが吉原の妓楼の引き札代わりになろう」

五本の手拭いを虎次親方が卓の上に広げ、

「こちらは揚屋町(あげやちょう)の吉川楼(よしかわろう)の手拭いか」

「親方、おれにさ、この江戸町(えどちょう)の、ち、よ、う、じ、やの手拭いをくれないか。恰好(かっこう)いいもの」

竹松が定紋入り手拭いの一枚を摑んだとき、

「竹松、ちょうじゃじゃねえや、丁子屋(ちょうじや)だ」

と左吉の声がした。

「妓楼の名なんてどうでもいいよ。なんだか吉原の通(つう)みたいじゃないか」

「ああ、手拭いで当分我慢するというのならば、神守様の親切だ。そいつを頂戴しな。左吉さんにも一本差し上げよう」

と虎次が竹松に許し、左吉にも差し出した。

「今度務めを果たすとき、牢で使わせてもらうか」

と懐に入れた。

「左吉どの、先月はいつ来ても務めで会えなかったな」

幹次郎が話しかけた。

「なぜか今年は霜月が忙しゅうございましてね。師走に入ると声がぱたりとかからなくなった」

と左吉が言いながら定席（じょうせき）に腰を下ろし、幹次郎も従った。

左吉の稼業（かぎょう）にはいささか曰くがあった。

小伝馬町（こでんまちょう）の牢屋敷に短期間入らねばならなくなった店の旦那衆の身代わりに牢に入り、務めを果たすのだ。その筋には左吉の客からそれなりの金子が渡っていた。むろん殺しだの、強盗だのの身代わりはできない。商い上の触れに反したなどという微罪（びざい）に限られていた。

「今年の師走は牢まで不景気の風が吹き抜けていやがるかね」

と左吉がぼやき、

「竹松なんぞは、吉原の煤払いの手拭いで色めき立ってやがる。可愛（かわい）いものだぜ」

「おや、左吉さんもほんとは丁子屋の手拭いが欲しいんじゃないのか」

「竹松、酒だ」

左吉に急かされて手拭いを懐にねじ込みながら奥へと竹松が姿を消した。

「神守様、吉原で厄介ごとが生じましたかえ」

左吉が幹次郎を正視した。

「吉原ではない、それがしの身に降りかかったかもしれぬ」

と前置きした幹次郎が、旧藩の豊後国岡藩中川家から持ち込まれた藩への復帰話を披露した。

「二本差しの頭はどうなっているんでございましょうね。猫の子でもあるまいし、やったり取ったりできるものか。なにを考えているんだか」

左吉が応じて、

「中川様の江戸屋敷はどこでございましたかね」

「上屋敷は鉄砲洲の西側で八丁堀の南側の、西と東を堀に挟まれた界隈にござる。中屋敷は芝口一丁目にある。正直申してそれがし、そのどちらの屋敷の門すら潜ったことはない。姉様と国許より逃げたが、その折りの身分は馬廻り役の下士、お長屋しか知らぬ。殿様のお顔をまともに拝したこともなかった」

「どこでもおよそそんなもんではございませんか」

「武家方も様々でござろう。少なくともそれがしの奉公は、人より馬との付き合いが深かった」

「そのほうがなんぼか情が通いますよ。先代が亡くなり、当代の殿様が十四、五だって、そりゃ、こたびの話は殿様の考えじゃございませんよ。神守様、まともに関わる話ではございませんな」

「それがしにとっても姉様にとっても、ただ今以上の暮らしはこの世にござらぬ。吉原を訪ねてきた御留守居役や御目付のおる奉公などまっぴら御免こうむりたい」

「それがいい」

と言った左吉が腕組みして考えていたが、

「竹松、いつまで客を待たせるんだ、酒が来ないぞ」

と奥に怒鳴った。

幹次郎が吉原に戻ったとき、夜見世が始まる頃合いであった。

師走の宵に流れる調べ、清掻の爪弾きが物憂く響いていた。

「どこへ行っておった、裏同心どの」

面番所から声がかかった。

「村崎どの、いささか野暮用がございましてな、廓の外に出ておりました」

「野暮用じゃと、胡散臭いな。そなた、近ごろこのわしを敬遠して定町廻り同心の桑平に肩入れしておらぬか」

「なぜさようなことを申されますな」

「廓の外で起こった騒ぎには、わしではのうて桑平市松と組んでおろうが」

「村崎どの、当然でございましょう。廓の外は面番所の権限外、定町廻り同心の分担でございますでな」

「騒ぎの原因が廓内なればとうぜんわれらの出番だ。それをおぬしはわざわざ桑平に知らせて手柄を立てさせておるではないか。女郎殺しの裏茶屋の主惣三郎をお縄にした一件、あやつといっしょに探索をしておろうが」

「村崎どの、もはや過ぎた話は無益、時の無駄です」

「ならば、昼前、えらく怒り狂って会所を出ていった細面と浅葱裏のふたりは何者だ。なんぞ会所は企んでおらぬか」

「よう会所の動きをご存じでございますな」

幹次郎は呆れ顔を見せた。

「わしの眼力を忘れておらぬか。何者だ、あやつら」

「豊後国岡藩七万三千石の江戸御留守居役と御目付にございます」

「なに、七万三千石じゃと。吉原会所となんぞ曰くが生じたか」

村崎の目が輝いた。金の臭(にお)いを嗅ぎつけたという目つきだった。

「思い違いしておりませぬか」

「なんの思い違いであるものか。大名家の御留守居役が会所に顔を見せるということは、家臣が吉原の遊女に入れ上げて心中立(しんじゅうだ)てをしかねぬゆえ、助勢を頼んできたのであろう。七代目が高い口利き料を吹っかけたゆえ、ああ、カンカンになって怒って出ていったのであろうが」

「なかなかの読みでございますな」

「当たったか」

幹次郎は顔を横に振った。

「嘘(うそ)をつくでないぞ」

「あのふたり、それがしの旧藩の者でございます」

「なに、そなたの旧藩だと。うん、たしかにそなたは岡藩の下士の出であったな。その者らは何用あって会所を訪ねたな」

幹次郎は致し方ないという顔で事情をざっと告げた。

「なに、そなたを藩に復帰させるじゃと。で、どう返答した」

「断わりました」

「惜しい、実に惜しい。相手は七万三千石じゃぞ。それが三顧の礼で迎えに来た以上、そうだな、家禄百五十石は用意していよう。吉原の用心棒よりなんぼか体裁がよいではないか。なぜ受けぬ」

「それがしは旧藩時代馬廻り役十三石の軽輩者。それが上役の嫁を強いられていた姉様の手を引いて脱藩したのですぞ」

「おお、妻仇討で追われて吉原に逃げ込んだのであったな」

「覚えておられましたか。そのような立場の下士が藩に戻ってなにをせよと言うのです」

「うむ、それはたしかに怪しげな話じゃな」

「ゆえに断わりました」

幹次郎の言葉に村崎が頷き、幹次郎がその場を立ち去ろうとする袖を摑んで、

「待て、話が終わっておらぬ。これはな、なんぞあとを引く気が致す」

「廓の外にて相談すべき人に会うておりました」

「そうか、旧藩時代の仲間を訪ねたのだな」

と村崎が言ったとき、左吉の前に話すべき相手があったと幹次郎は思い出していた。

「そんなところにございます」

と村崎の思い込みのままに答えた。

「なんぞ判明したか」

「それがしの話を聞く者はおりませんでした」

「で、あろうな。上役の嫁の手を引いて脱藩したのではな、所業が所業、まずまともに話を聞いてくれる者はおるまい。そうか、その嫁が汀女先生か、おぬしの気持ちも分からぬではないな」

村崎が独り得心したとき、もはや幹次郎は大門に詰めかける客の間を抜けて会所の戸に手を掛けていた。

会所には大火鉢の前で仙右衛門が火の番をしていた。長吉らは夜の見廻りに出ている様子だった。だが、奥座敷に大勢の人の気配がした。

「七代目に客でございますか」

「五丁町の各名主が顔を揃えておられます。例の紋日を減らそうって話でございますがな、侃侃諤諤、なかなか一致をみませんでな」

仙右衛門が幹次郎に言った。

五丁町というのは吉原の異名だ。

元々京の島原を模して官許の遊里吉原が御城近くの葭町に開かれた。だが、明暦の大火を前に浅草裏に葭町の五割増しの土地を拝領して、昼見世、夜見世の一日二回の商いを許されることを条件に移転した経緯があった。

ゆえに葭町を元吉原、浅草を新吉原と称した。元吉原も新吉原も島原の佇まいを模したゆえに、江戸町一丁目、江戸町二丁目、角町、京町一丁目、京町二丁目の五町が吉原の表通りであった。

その後、揚屋町と伏見町が加わったが、吉原の異名は「五丁町」のまま変わらなかった。だが、各町から名主がひとりずつ選ばれるゆえに、七人の名主がいた。総名主は三浦屋四郎左衛門だ。

「紋日を増やして景気がよかったのは数年だけ、紋日に客が来なくなった。そりゃそうだ、三日に一度紋日があったんじゃ、客は寄りつかないやね。なんたって揚げ代は倍なんだからさ。増やした紋日にぐいぐいと自分たちの首を絞められることに気づいたときには引くにも引けぬ、この有様だ」

「やはり紋日を元に戻すのに反対がござるか」

「ここから漏れくる言葉を聞いておりますと、お三方が紋日を昔に戻すのに賛成し、残りの三人が反対でございましてな、総名主の三浦屋さんは未だ意思をはっきりと示しておられぬ様子です。おそらく皆が得心ずくで気持ちを固めるのがよいと、考えを口にしておられぬ様子です」

仙右衛門が幹次郎に小声で言ったとき、奥座敷で立ち上がる気配があって、七人の名主たちが姿を見せた。

「ご苦労にございました」

仙右衛門が挨拶した。だが、七人の名主は疲れ切った表情か、興奮に紅潮した顔でそそくさと会所から出ていった。

「どうやら全員一致はみなかったようですな。七代目も三浦屋の旦那も、本年内に決着をつけたいと思うておられたのですがな」

仙右衛門が言ったとき、奥から幹次郎と仙右衛門を呼ぶ四郎兵衛の声がした。

三

幹次郎は、独りで廓内の見廻りに出た。

その腰には先日、七代目に付き合い、鎌倉に同行した「礼」という名目で三浦屋の主、四郎左衛門から頂戴した相州五郎正宗の高弟正宗十哲のひとり、佐伯則重鍛造の剣があった。

五つ（午後八時）過ぎの刻限だ。

煤払いの夜、仲之町はなんとなく客の姿が少ないような気がした。

四郎兵衛の話を聞いたせいでそう感じるのであろうか、と編笠で顔を隠し、一見客を装った形の幹次郎は笠の縁を片手で摑み、辺りを見回した。

一番賑わう刻限にも拘わらず、客が引手茶屋から馴染の妓楼に向かう姿も素見連の姿も少ないように思えた。

四郎兵衛は、改めて会所の幹部のふたりに紋日削減についての七人の名主の対立を語った。その上で四郎兵衛は、

「会所の立場はどちらに傾いてもなりませぬ。穏やかに話が行われ、七町の名主

が全員一致で意見が纏まる方向へと出しゃばることなく導くのが務めです。立場上、どなたが紋日削減に賛成で、どなたが反対か、申せません。はっきりおまえ様方に言うておけるのは、総名主の三浦屋四郎左衛門様がどちらとも明言しておられぬ、ということです。私の勘では、四郎左衛門様は、紋日を元へと戻す考えでおられると思います。されど、言葉にして言われたわけではない。紋日を今より少なくする、あるいはこれ以上増やさぬという現状維持に他の六人の名主が纏まることを、じいっと待っておられると推量しました。そんなわけでな、この話、年内に決着がつくかどうか分かりません」

と説明したのだ。

仙右衛門が表口で奥座敷の気配を窺い、推察したことをほぼ裏づけた四郎兵衛の言葉だった。

幹次郎が吉原会所で暮らしを立てるようになって五年近くの歳月が過ぎた。この五年の間にも、なにやかやと理由をつけて新しい紋日が増えていったことを思い返した。

「おい、今日は煤払いだってな、揚げ代は倍かえ」

「ああ、そうかもしれないな。近ごろの吉原はなににつけても銭を客からむしり取るようになってやがるからよ。煤払いは紋日じゃねえと思って揚がると高い銭を取られるぜ。兼さんよ、今日はやめとこうぜ。張見世を覗くだけにしておこうか」

「えっ、喜知さん、懐に揚げ代を持っているのか」

「そんな銭がどこにあるよ」

「だって楼に揚がるのはよしておこうと言ったじゃないか」

「楼に揚がるつもり、馴染の遊女と床入りするつもり、銭を持っているつもりって考えていたほうがさ、素見のおれたちにだって煙管なんぞが格子の間から差し出されるかもしれないじゃないか」

「なんだ、銭を持っているつもりか、つまらねえな。おれ、この次は冷やかしに行くにしても品川の飯盛を相手にしよう」

「ああ、『吉原は　遠くになりぬ　師走かな』。おお、一句浮かんだぜ」

幹次郎は、職人と思えるふたりの素見のやり取りを聞いて、改めて吉原が置かれた厳しい状況を考えさせられた。

仲之町張りをする花魁の姿も引手茶屋になかった。

「まだ来なんせんかと椽へ腰をかけ」

と川柳に詠まれた吉原名物の光景が見えなかった。

幹次郎は夜見世に吉原を訪れた客の体で水道尻に向かってゆっくりと進んだ。

京町一丁目へと木戸門を潜った。

通りに立つ女衆が幹次郎の気配に目を上げたが、

(なんだ、会所の裏同心か)

という顔で目を背けようとした。

「寒いな」

「師走だもんね。それに客がこう来ないんじゃや、紛れ込む素見もいないよ」

女衆が風邪声で応えた。

「やはり客は少ないか」

「餅搗き辺りで、ぱあっ、と盛り上がるといいんだがね」

「そうありたいな」

ふたりのやり取りは他の客に聞かれないように小声で交わされ、

「神守の旦那も風邪なんぞ引くんじゃやないよ」

「ああ、そうしよう」

と最後にそんな言葉を交わして別れた。

幹次郎は奥へと進んだ。だが、どこもがなんとなく景気が悪そうで、幹次郎の気配に格子の中の遊女たちが、
はっ
としてこちらを見たが、直ぐに幹次郎の正体を察して通り過ぎるのを待った。

幹次郎は西河岸（浄念河岸）に出て開運稲荷に向かったが、局見世はそれなりに客が入っている気配があった。

開運稲荷で、

「吉原繁盛」

のお参りをしていこうと赤い鳥居を潜ると、女がいた。

遊女ではない、蜘蛛道に住まいして吉原を支える女衆のひとりだろう。

女の背が幹次郎の気配にぴくりと動いた。振り向いて、

「あら、お侍様」

と応じた声は若かった。

たそや行灯の灯りに浮かんだ愛らしい顔に見覚えはなかった。

「お参りか、信心深いな」

「いえ、ついついてのことです」

と応じた娘が幹次郎の傍らを抜けて水道尻へと姿を消した。

幹次郎は懐から巾着を取り出そうとして真新しい手拭いを触った。

昼間頂戴した五本の手拭いは虎次親方のところに置いてきた。懐の手拭いは三浦屋から会所に頂戴した定紋入りの一本だ。

なにがしかの賽銭を上げ、三浦屋を訪ねようと思った。腰の佐伯則重の礼を改めて四郎左衛門に述べようと考えたのだ。

水道尻に出た幹次郎は京町一丁目の木戸門を入り、三浦屋の大籬の前に立った。

三浦屋の稼ぎ頭の高尾と薄墨の姿は、当然張見世の中にない。

幹次郎は編笠の縁を上げて、

「本日、煤払いの手拭いを頂戴致した。有難うござる」

「あら、まるで江戸に初めて上ってきた勤番侍みたいな堅苦しい挨拶ね」

三浦屋の抱えの小百合が笑った。当人は姥百合と自称していたが、気立てがいいのでそれなりの常連の客がいた。だが、今宵はお茶を挽いているようだ。

「会所の奉公人でござる、客ではないでな」

と一礼した幹次郎は暖簾をかき分けて土間に通ると、

「おや、神守様」

と大番頭の鎌蔵が声をかけてきた。

二階座敷から賑やかな声が聞こえてきた。

「三浦屋は商売繁盛で結構なことです」

「太夫はね。ご時世がよくても悪くても分限者は必ずおられるものですよ。だが、こう景気が悪いと廻し辺りにも客がつかない」

と番頭がぼやいた。

廻しとは階級の低い遊女のことだ。部屋持ち身分ではなく、客があるとき廻し部屋を用いた。

どこの楼も安直に遊べる廻し女郎がまめに稼ぐと帳場が潤った。この廻しに客がつかないと番頭は嘆いたのだ。

「旦那様は忙しいであろうな。いえ、本日、煤払いの手拭いを頂戴したで、礼に立ち寄ったのだ」

「内証におられますよ。お上がりなさい」

幹次郎は帳場へと通された。

「神守様、最前は失礼致しましたな」

四郎左衛門がこう言ったのは、会所で七町の名主が紋日削減について談義を行い、一致をみないために早々に会所を引き上げたときのことを指していた。

「ご苦労にございましたな」

「七代目から聞かれたな」

「詳しい話は聞いておりません。ただ、四郎左衛門様の心遣いも今のところなんの役にも立っていないそうな」

うーん、と吉原有数の大籬の主が呻いた。

「いえ、それがし、そのような大事に首を突っ込むつもりはございませぬ。過日頂戴した刀と手拭いの礼にと立ち寄ったのでございます」

「それはまたご丁寧なことで恐縮です」

四郎左衛門は長火鉢の前に座り、猫板の上に置いた紙片を見ていた。

幹次郎は、未だ紋日のことを考えていると思った。

「神守様はどうお考えになります」

「と、申されますと」

「いえ、紋日を減らすことについてですよ」

「四郎左衛門様、それがし、会所の用心棒侍に過ぎません。官許の吉原の仕来たりを変えることでどのような影響があるか、分かろうはずもございません」

「その言葉がすでに考えがあることの証しです」

「えっ、それがし、商いのことは分からぬと申し上げたに過ぎません」

「物事はあちらこちらから立場を変えてみると見方も変わりましょう。ただ今お独りで夜廻りを続けておられましたか」

「はい」

「ならばお尋ねします。今宵の吉原の景気はいかがでしたか」

四郎左衛門が質した。

幹次郎はしばし黙考したのち、素見客がしていた話を告げた。

「職人衆は吉原を諦め、四宿に遊び場を変えなさるか」

「漏れ聞いた軽口にございます」

「いえ、そのぼやきには本気が覗いております。紋日が始終巡ってくる吉原の強欲が客離れを引き起こしていることを楼の主がたは忘れておられる」

幹次郎は黙って聞いているしかない。

「神守様、私ども楼主は紋日を増やしたことで一時、潤いました。それはたしかです。ですがね、紋日に客を呼べない女郎は、客の来ない分、借財が上乗せされます。ために最初は必死で文をやって馴染客を呼ぼうとしますがな、客のほうでも揚げ代が高い紋日は避けようとなさる。当然なことです。楼によっては、正月松の内、節季に紋日を重ねて、大紋日と称してさらに揚げ代を高くしておられる。これでは吉原から客が離れるのは当然でございますよ。結局、私どもは自分で自分の首を絞めていたことになる。それを未だ気づかない主がおられる。いや、気づかないふりをしているだけかもしれません」

「四郎左衛門様、気づかないふりをしておられる名主が三人おられるのでございますか」

幹次郎の問いに頷いた四郎左衛門が、

「角町の池田屋哲太郎さん、江戸二の相模屋伸之助さん、伏見町の壱刻楼蓑助さんの三人ですよ。この中でも紋日減らし反対の急先鋒は、江戸二の相模屋さんです」

ということは、江戸町一丁目の駒宮楼六左衛門、京町二丁目の喜扇楼正右衛門、揚屋町の常陸屋久六の三人が紋日を昔に戻すことを主張していることになる。

「六人の名主が三対三に分かれておるとなると、総名主の三浦屋様のお考えが事を決することになりますか」

「いえ、そうはなりません。元吉原以来、大事を決するは名主総意という仕来たりがございましてな」

「となると、どちらか三人がもう一方に考えを変えることが要りますか。その上で四郎左衛門様が六人に加担する要がある」

「そういうことです。ですが、この話、そう容易くはございますまい」

「年内決着は無理でございますか」

「ただ今の様子ではどちらも折れることはありそうにない」

険しい対立を思い出したのか、四郎左衛門が溜息を吐いた。

幹次郎はふと気づいた。

「四郎左衛門様、なぜそれがしに内情を話されましたので。七代目はそれがしにも番方にも漏らされておりませんぞ」

「さあて、どうしてでしょうか。なんぞ胸騒ぎがしましてな、このままずんなりと納まりがつくとも思えないのですよ。神守様にはそのことを承知しておいてもらいたかったからでしょうな」

四郎左衛門が答えたとき、遣手のおかねが、

「神守様よ、会所から使いだよ。なんぞ起こったようだね」

と知らせてきた。

幹次郎は、四郎左衛門にただ今の話はそれがしの胸に仕舞いおきまするると目顔で伝えて席を立った。

三浦屋の表口に出たとき、薄墨が客を見送ったか、大階段の下に立っていた。

「太夫、手拭い有難く頂戴した。礼を申す」

「なんのことがありましょう。煤払いの手拭いにありんす」

薄墨太夫が返事をした。

先刻三浦屋の男衆に手渡された三浦屋の定紋入りの手拭いには、一本だけ奉書紙で包まれたものがあって、女文字で特定するように、

「神守幹次郎様」

と上書きされてあったのだ。

幹次郎が独りになったとき奉書紙を披くと、手拭いの端に加門麻と名が記され、紅の跡がくっきりとあった。

(姉様に見せたものかどうか)

とその折り、考えた。

「太夫、なんぞ事が起こったようだ、失礼致す」

と言い残した幹次郎は三浦屋の暖簾を分けた。

すると金次が足踏みしながら、

「会所の裏手で女が襲われたってよ。番方は先に行っていますぜ」

「会所の裏手とは廓内か、それとも廓の外か」

「廓内です」

「女郎衆が襲われたと申すか」

「その辺のところは全く分かりません。榎本稲荷にお参りに行ったどこぞの遣手が大声を上げたんで番方たちが現場に走り、おれは七代目に命じられて神守様を探しに来たんだ。三浦屋にいるなんて、どうしたことです。まさか薄墨太夫の座敷に上がり込んでいたんじゃないですよね」

金次が仲之町を大門へと歩きながら訊いた。

「夜見世の最中だぞ、金次。会所の者が太夫の座敷に上がれるわけもない。四郎左衛門様と帳場で話していたのだ」

「なんだ、御用ですか。そうならそうと会所に言い残していれば、あちらこちら探す手間が省けたのに」

　金次が文句を幹次郎に言った。

「それはすまなかった。三浦屋の前を通ったので、煤払いの手拭いの礼を申そうと番頭さんに伝えたら、帳場に呼ばれたのだ」

「あちらこちらと神守様は忙しいな」

　金次の言葉には皮肉が込められていた。

　どうやら三浦屋から頂戴した定紋入りの手拭いに幹次郎の分だけ、姓名が特定されていたことを気にしている様子だった。どこからかそれが伝わり金次の耳にも入ったのか。

「それがしも分を心得て御用を務めておるつもりだが、ついこうなる」

「神守様よ、吉原に慣れ過ぎちゃったんじゃねえか」

「そうかもしれぬ。気を引き締めよう」

　と答えたとき、会所の前に到着していた。

「神守様、襲われた娘は念のために柴田相庵先生のところへさ、番方が連れていってるぜ」

　小頭の長吉が言った。

「娘ってのは遊女じゃねえ素人か、小頭」

「金次、そういうことだ」

「素人娘を襲いやがったのはどこのどいつだ」

「そいつはまだ分かってねえ。襲われた娘は気が動転していてな、それで相庵先生のところに連れていかれたんだよ」

長吉の言葉に含みがあった。

「よし、金次、相庵先生の診療所に参ろうではないか。廓内で女衆が襲われるなど許せるわけもない」

幹次郎の言葉に金次も従い、大門を出た。

五つ半（午後九時）時分か、大門前に待機する駕籠屋も手持ち無沙汰のようで、吉原目指して駆け込んでくる駕籠も見当たらなかった。

やはり紋日を増やし過ぎたせいで客足が減っていることはたしかだった。

四郎左衛門や四郎兵衛の焦りが分かった。

「なんとかしなければな」

幹次郎の呟きを金次が聞き咎めた。

「なんだ、独り言なんぞ言ってよ。神守様、いくつになったよ」

「三十二だ」

ふーん、と鼻で返事をした金次が黙り込んだ。

四

だが、金次の沈黙は一瞬だった。

「神守様よ、知っているか」

「知っているかとはなんのことだ」

「七代目がしゃかりきによ、玉藻様に婿を押しつけようとしているんだよ。それで玉藻様は親父様を避けているんだよ」

「そんな話が何年か前にもあったな。玉藻様は顔立ちもいい、気立てもよい。だが、幼いときに母親を亡くされて七代目のもとで育てられたゆえ、嫁に行く機会を逃したのであろう。よい婿が見つかるといいんだがな」

「玉藻様は七代目が持ってくる話をすべて断わってきたんだよ」

「七代目を娘の玉藻様が支えてこられたんで、婿を取るなんて考えもしなかったのではないか」

「そうかもしれねえな」

金次が黙り込んだ。

ふたりは師走十三日の夜、山谷堀に架かる橋を渡って町屋を斜めに抜けた。

山谷の柴田相庵の診療所の土間に番方の仙右衛門がいた。

「娘が襲われたと聞いたが、怪我をしているのかな」

「神守様、後ろからいきなり首を絞められて刃物を首筋に突きつけられたらしい。ちょうど壱刻楼の遣手お末が榎本稲荷にお参りに来たんで、大声を上げた。そこで野郎は西河岸の向こうへと逃げ込んだってわけだ」

「怪我をしておるのか」

「首筋の傷は大したことはない。首を絞められたのも一瞬で大事には至らなかった。だが、娘は驚いて口も利けない有様でしてね、診療所に気が鎮まる薬などないかと連れてきたところですよ」

「番方、吉原に素人娘か、一体全体どこの娘だ」

金次が質した。

「揚屋町裏の蜘蛛道に呉服屋の出店があるのは知っているな、金次」

「おりゃ、昨日今日の吉原者じゃねえや、日本橋の呉服町新道の、京から来た島原屋喜左衛門の出店のことだろう」

金次が即座に答えた。

吉原の裏町には、湯屋もあれば質屋もあった。

島原屋は、京下りの新奇な衣装の反物を持ち込む呉服屋とあって、遊女衆に大いに人気があった。

京の呉服屋の島原屋喜左衛門方では、江戸の三井越後屋などの大店に対抗するために、廓内に古手の奉公人を「番頭」に格上げして常駐させ、いつ何時でも遊女衆の御用に役立つようにしていた。

だが、いつの時代から島原屋が廓内に出店を置いているのか、幹次郎も金次も知らなかった。

「島原屋出店の番頭繁蔵さんの娘だとよ、お芳がそれだけを聞き出したのだ」

「へえ、島原屋の番頭さんは繁蔵というのか」

「おお、そうだよ」

「ば、番方、ま、まさか、と、なるとお縫ちゃんじゃねえよな。お縫ちゃんは十四のとき、京の島原屋の本店に修業に出されたもんな」

と金次が呟いた。

「おめえ、繁蔵さんの娘を承知か」

と番方が訝しそうな顔で金次に訊いた。

「うん、まあ」

と金次が曖昧に答えたとき、お芳の声がした。

「落ち着いたわよ、お縫さん」

「えっ、やっぱりお縫か。た、大変だ。ど、どうしよう」

「金次さんの知り合いなの。ともかくお上がりなさいな」

お芳の言葉に仙右衛門、幹次郎、金次の三人が履物を脱いで診療所に上がった。

そこには相庵も縫もいなかった。案内してきたお芳がぐるりと三人の男たちを見て、

「あれこれと問い質すのは無理よ」

と釘を刺した。

「お芳、それじゃ咎人の探索もできないぜ」

「だって、壱刻楼の遣手さんが見たんでしょ」

「お末は、男の後ろ姿しか見てねえんだ、それも暗がりで一瞬のことだ、なにも覚えてねえんだと」

仙右衛門がお芳に答え、尋ねた。

「お芳、その娘はどうしているんだ」

「相庵先生が、気が鎮まるようにって、酸棗仁湯を主にした薬を煎じて飲ませろと言うから飲ませたところよ。ようやく気が鎮まって今ごろとろとろと眠りに就っいていると思うわ」

「お芳、薬を飲ませる前になぜおれに許しを得ねえ」

「診療所で私が許しを得るのは柴田相庵先生だけよ」

くそっ、と仙右衛門が罵り声を上げた。尤ものことだから、お芳は平然としたものだ。

「お芳さん、顔だけでも拝ませてくれないか」

金次が願った。そこへ相庵が姿を見せ、

「お芳、致し方あるまい。この三人も役目があってのことだ。障子の隙間から寝顔をちょっとだけ拝ませてやれ」

と許しを与えた。

そんなわけで幹次郎らは薄く開けられた障子の隙間から、酸棗仁湯を飲まされて眠りに就いた娘の横顔を見た。

金次が横顔を凝視していたが、ううう
っ、と声を漏らし、

「やっぱり、お、お縫だ」

と呟き、お芳が障子戸を閉じて、三人は診療室に戻った。

金次は衝撃を受けたようで愕然としていた。

「番方、それがしは開運稲荷であの娘に会っておる。それにしてもそれがしが会ったのは開運稲荷、娘が襲われたのは榎本稲荷か、娘は稲荷様を回って願掛けでもしていたか」

と漏らした。

「お縫さんは、島原屋の吉原出店の番頭繁蔵さんの娘で間違いないか」

柴田相庵が幹次郎らに念を押した。すると金次が、

「お縫ちゃんが島原屋の繁蔵さんの娘だってことは間違いねえよ。だけど、繁蔵さんが吉原にいたことは知らなかったな。それに京に修業に行ったお縫がなんでよ、江戸に戻ってきたんだよ」

とだれにともなく問うた。

「金次、お縫をとくと承知のようだな」

仙右衛門が尋ねた。

「おれたち、同じ長屋でいっしょに育ったんだよ。三ノ輪（みのわ）の芋洗（いもあらい）長屋でよ。だけど、お縫が幼いとき、おっ母（か）さんが流行病（はやりやまい）で亡くなったんだ。そう、お縫が五つか六つのころのことだ。親父の繁蔵さんはそのころ、呉服町新道の島原屋に通い番頭をしていたがさ、お縫の母親が死んだというので、芋洗長屋を引き払って呉服町新道近くの長屋に移ったんじゃなかったかな。長屋じゃさ、お縫が大きくなったら、女郎にさせられるなんて噂が流れたが、おりゃ、まだ小さくてよく事情が分からなかったんだよな。それから、八から九年ばかりしたころ、親父さんからお縫を京の本店に奉公に出すって話があってよ、お縫が芋洗長屋に姿を見せて、別れを言ってよ、京の島原屋の本店に修業に行く奉公人といっしょに上っていったんだ。あれが四年、いや五年前だったかな」

金次が縫との関わりを告げた。

「驚いたぜ。金次の話で四、五年ほど前か、島原屋の番頭の娘が揚屋町裏の蜘道にちょっとの間、住んでいたことを思い出したぜ」

と仙右衛門が呟くように言い、

「番方、そ、それがお縫だ、きっと。だけどおれ、まさか繁蔵さんが吉原に居たなんて考えもしなかったよ」

と金次が驚きの顔のままに答え、頷いた仙右衛門がさらに語を継いだ。

「島原屋の番頭の娘は美形だってんでよ、いくつもの妓楼から繁蔵さんに禿(かむろ)として奉公に出さないかと話がいったとか、それで親父様が島原屋の旦那に相談して、廓の外に出そうということになったらしい。それがいつの間にか、京の本店修業に行ったと風の噂に聞いたことがあったっけ。金次の話と合っているな」

と言い足し、

「それにしても五つ六つのころに別れた娘を金次、よく覚えていたな」

とさらに質した。

「死んだお縫のおっ母さんの妹という人が三ノ輪近くに住んでいてよ、そこへお縫が遊びに来たり、泊まりに来たりしていたから、おれたち、お縫が京に上るまで時折り顔を合わせていたんだ、番方」

「そうか、そうだったか」

「叔母のおきねさんは姉さんの娘のお縫さんを引き取りたかったんだよ。亭主は大工か左官(さかん)だと思ったな、大酒呑みで、気はいいんだが銭はねえや。それにそこにも四人の子どもがいたからさ、お縫を引き取れなかったんだ、そんなおきねさんの嘆きを聞かされたことがあったな。お縫はしっかり者と島原屋に認められてよ、京で縫子の修業をしているとおきねさんに聞かされたのが、お縫の消息を知る最後の機会だったよ、番方」

「およその話は分かった。となると、お縫は京での修業を終えて父親の元に戻ってきたというわけか」

幹次郎が言うのに、

「そうじゃないと思うわ」

とお芳が応じて相庵を見た。

「繁蔵さんは心臓(しんのぞう)を数年前から患(わずら)ってな、うちに療治に通っていたんだ。冬、厠(かわや)で倒れたのが病が見つかったきっかけであったな。わしもあれこれと手を尽くして、繁蔵さんの快癒(かいゆ)に努めたが、なかなかよくならない。それどころか、いつ次の発作が起きてもおかしくない。

半年前のことだ。繁蔵さんに奉公を辞めて少しのんびりしないか、と言い渡したことがあった。繁蔵さんは、わしの言葉で病に取りつかれたと察したんだろうね」

「だけど、どうしても仕事は辞めたくない、お縫さんが一人前の職人になって江戸に帰ってくるまでは頑張るから、相庵先生、なんとかそれまで生かしてくれと願ったのよ。私たち、島原屋の旦那に相談しようかと話し合ったりしたんだけど、いくらなんでも繁蔵さんに内緒でそんなことはできっこないわ」

とお芳が言った。

うーむ、と仙右衛門が唸(うな)った。だが、なにも言わなかった。

「お芳にも言うてないがな、繁蔵さんが診察に来た折りに、京の娘には知らせよとわしが告げたんだ。その言葉で繁蔵さんはいよいよ覚悟したんだろうな。お縫さんに文で知らせたのだろう。今から五日も前に繁蔵さんがお縫さんといっしょにわしのところに顔を見せた。お縫さんは京の島原屋の本店には事情を話して、江戸に戻ってきたそうだ」

「繁蔵さんもお店に事情を話して奉公を辞めることで話が決まったそうよ」

幹次郎は、それにしても島原屋も長年奉公した繁蔵と娘の扱いが冷たいな、と思った。

「お芳、繁蔵さんのところにお縫はいるんだな」

「島原屋の大番頭が娘の大門の出入りを願ったそうよ、会所から鑑札(きって)は出されてないの」

「出ていればわっしらが承知だ」

とお芳の言葉に返事をした仙右衛門が、

「面番所で願ったかね」

と言った。

「そうか、それでお縫は大門を勝手に出入りできたのか」

と金次が得心したように呟き、

「知らなかったぜ、お縫が江戸に戻ってさ、吉原に出入りしていたなんて」

と悔しさを滲ませた顔で言った。

「お縫さんはそなたが吉原会所に奉公していることを承知しておるのか」

「神守様、知るわけないよ。だって奉公先が京の本店だぜ」

「そうか、お縫さんは知らなかったか」

と幹次郎が金次の言葉に頷き、

「お縫さんとそれがしは開運稲荷で出会っておる。えらく熱心にお参りしていたが、親父の繁蔵さんの病平癒を願っていたのであろうか」

「思い出した」

仙右衛門が幹次郎に応じた。

「つい先日、夜五つ過ぎに若い娘が廓の四隅に祀られている稲荷様詣でをしているって話を小耳に挟んでいたんだ。おれは、禿かなにかが願いごとでもしているのかと思っていたぜ。まさか金次の幼馴染の娘とはな」

「番方、そんなお縫さんを襲った者がいる。お縫さんをとくと承知の者とも思えない。この数年、お縫さんは京に住んでいたのだからな」

幹次郎は番方を見た。

「神守様は、吉原を冷やかしに来た客がお縫を見かけ、ついむらむらとして襲ったと考えておられますので」

「紋日だらけの吉原じゃ。七代目や名主方が苦労しておられるように客足が減り、大門を潜った客も揚げ代が高いというので、登楼するのに二の足を踏む。そんな最中に素人娘のお縫を見てむらむらとした欲望を抑え切れなくなったかと、勝手に推測したのだがな」

幹次郎の推測に仙右衛門が頷き、

「許せねえ。おれがとっ捕まえてやる」

金次が怒りを抑え切れないという顔で吐き捨てた。

「金次さん、お縫さんは幸いなことに体を穢されたり、大きな怪我を受けたりはしていなかったわ。もし神守様が言われるような輩ならば、廓内で別の女の人を襲うことが考えられないかしら」

「あり得るぜ、お芳」

仙右衛門が言った。

「よし、廓内の警戒を厳しくしよう」

と幹次郎が言い、

「相庵先生、お縫さんと話せるのは明日かな」

「ひと晩休めばいくらか気分は変わろう。だが、自分が元気を取り戻したとしてもあの娘には父親のことがある」

「未だ繁蔵さんは廓内の島原屋の出店に住まいしておるのであろうか」

「そう思うわ。近ごろではうちに来るのも大門前から駕籠よ。歩くのもおぼつかなくなっているの」

と柴田相庵をお芳が見た。

「長くて三月、半年とはもつまい。なるべく早く奉公を辞め、廓の外で親子水いらずでのんびりとした余生を送ることだ。それが今、あの親子に残された道だ」

「おりゃ、吉原に入ってもよ、お縫の親父がまさか廓内で働いていたなんて考えたこともなかった。なんてことだ」

金次が自らを責めるように腹立たしげに言った。

「番方、金次を診療所に残してはならぬか」

「それは構いませんが」

と番方が答えると、金次が顔を横に振り、

「神守様、番方、おりゃ、罪もないお縫をこんな目に遭わせた野郎を捕まえたい。ここでじっとしてられねえや」

と断わった。

「お縫さんのことは私に任せて」

お芳の言葉を聞いた三人の男たちが立ち上がった。


仙右衛門は会所に戻り、四郎兵衛に会うことになり、金次は揚屋町裏の蜘蛛道に島原屋の出店を訪ねることにした。そして、幹次郎は、伏見町の壱刻楼の遣手の末に会うことにして大門前で三人は別れた。

もう四つ（午後十時）を過ぎていた。

吉原の仕舞い刻限まではまだだいぶあったが、五十間道から大門へと向かってくる客の姿はぽつんぽつんとしたものだった。

伏見町の壱刻楼は中見世だ。半籬の張見世の中に遊女が黙したまま、足を止めた幹次郎を覗き見た。そしてひとりの部屋持ち女郎が、

「なんだ、会所の用心棒の旦那か」

と気落ちした声を漏らし、さらにからかうように言った。

「どうですね、汀女先生に内緒で遊びませんか。今晩はより取り見取りだよ」

「会所から扶持を頂戴する身でさようなことができるものか。遣手のお末さんに会いに参ったのだ」

「なんだ、あのことか」

どうやら末が騒ぎを抱え女郎たちに話した気配があった。

「御免」

暖簾を掻き分けて表に通ると、末が火鉢の前で咥え煙草をして幹次郎を見つめた。

「会所の旦那、私になにを訊いても知りませんよ。一瞬でさ、腰を抜かさないまでも、動転して騒ぎ立てた。その間に野郎は逃げ去った。娘は、稲荷の鳥居に寄りかかるように倒れていた。そのときに番方たちが駆けつけてきたんだよ」

「なにか覚えておらぬのか。年恰好とか、形とか」

「そんな余裕があるものか。おまえさんだって不意を突かれれば、この前、喜の字屋の仕入れ方に傷を負わされたじゃないか」

「不覚であった」

と幹次郎は呟いた。

「そう、あとからなら不覚であったなんて、いくらでも言えるんだよ。わたしゃ、番方に話したことしか覚えていない」

「番方にはなにを話された」

「なにをって、男が娘の背後から首を絞めていたってね、そう答えたよ」

「男だったのだな」

「女が娘を襲ってどうするよ」

「男が刃物を持っていたのだな」

「へっ、旦那、今になってみたら、男が刃物を手にしたような、素手のような、はっきりしませんのさ。とんだ貧乏くじを引いたもんだよ。願掛けお百夜参りが五十七夜で途絶えたよ」

と末が言い、火鉢の縁に煙管の雁首を叩きつけた。

第二章　蜘蛛道の呉服屋

一

　幹次郎が会所に帰ると、島原屋の出店を訪ねた金次は未だ戻っていなかった。その足で奥座敷に上がると四郎兵衛と仙右衛門が幹次郎らの帰りを待っていた。

「壱刻楼の遣手のお末に会いましたが、番方にあの場で話した以外、なにも見ていないの一点張りでございました」

　幹次郎は末のほとんど「なにも見ていない」と言うのみで頑迷とも思える素っ気ない応対にいささか違和を抱いていた。だが、吉原会所の裏同心を快く思う吉原の住人ばかりでないこともたしかだった。

「壱刻楼蓑助も一筋縄ではいかない人物ですが、遣手もそのような応対でございましたか」

四郎兵衛が困惑の体で応じた。

「神守様、なんぞ胸に引っかかったような物言いだね」

「いや、なにがあるというのではない。なんとなく腑(ふ)に落ちない態度でござった」

「なにがです」

「番方、なにがと問い返されても困る。ただそんな感じがしたのだ」

「神守様の勘はよく当たりますからね」

四郎兵衛が言った。

「お末は願掛けでお百夜参りの五十七夜目だったそうで、騒ぎで途絶えたのを怒っておりました。ですからお末が立腹するのも察しがつく。しかし伏見町の壱刻楼に近い稲荷は明石(あかし)稲荷でござろう。なぜ大門前を横切って榎本稲荷に願掛けしているのでござろうか。お縫のように父親の病を治さんがために廓内の四稲荷をお参りしているのであろうか」

幹次郎の疑問に仙右衛門が即座に応じた。

「稲荷社に願いごとですって。そんな殊勝(しゅしょう)な遣手じゃございませんぜ。お末は抱え女郎の嫌われ者だ。だが、旦那の蓑助さんの信頼が絶大でございましてね、まあ、お末の周りに病人がいたとしてもお百夜参りなんぞ考えるタマではございませんよ」

「番方、お末に身内はおりませんので」

仙右衛門が遠くを見つめるような眼差(まなざ)しで考えた。

「お末が錦木(にしき)って名で壱刻楼の女郎をしていたとき、子を産んだという噂が流れませんでしたか、七代目」

「だいぶ昔の話ですな、二十年以上も前かね」

「へえ。いるとしたらその倅(せがれ)だが、倅がどうしているかなんて聞きませんね。生まれて直ぐに始末されたか、どこぞにもらわれていったか」

「神守様、番方、伏見町の壱刻楼蓑助さんは、紋日を減らすのに大反対だ。池田屋哲太郎さんと相模屋伸之助さんと組んで、頑固に紋日削減に反対しておられる。まあ、こたびのことはこの一件となんの関わりもないが、壱刻楼の扱いは慎重に願いますよ」

四郎兵衛が珍しく注文を付けた。

「考えれば、お末はお縫が襲われたところに行き合って、叫び声を上げてお縫の危機を救った恩人でございます。過去を穿り出すようなことは致しません」

と幹次郎が応じた。と、そこへ会所の戸が開く気配がして、金次が奥座敷に姿を見せた。

「どうだったな、繁蔵さんの様子は」

「七代目、ひどいものですぜ。島原屋め、長年勤めた出店の番頭が病にかかったというので、これみよがしに奉公を辞めて吉原を引き払えと迫っているらしいや。繁蔵さんは、お縫ちゃんに一目会ってからと頑張ってきたそうだが、もはや念願は達したから出店から出ていくように、三日にあげず島原屋の奉公人が嫌味を言いに来るとよ」

「えっ、島原屋はそんな不人情な旦那だったかね」

四郎兵衛が驚きの様子を見せた。

「七代目、先代の島原屋喜左衛門さんが三年前に亡くなり、婿養子に入った当代が喜左衛門さんを継いでから、店の商いが結構阿漕になったという噂話は耳にしますがね」

仙右衛門の言葉に四郎兵衛が頷き、

「金次、繁蔵さんの加減はどうだ」

と話柄を変えた。

「おれが承知の、といっても大昔の繁蔵さんだがね、そのころとはまるで別人だ。青い顔して体も小さくなってよ、たしかにあれじゃあ、明日死んでもおかしくねえや。あれで吉原の出店から出ていけだなんてひどいぜ」

「お縫のことは繁蔵さんに言ったのか」

「番方、言えないよ。今晩ひと晩廓内の四稲荷にお百夜参りをするから帰ってこられない。おれはお縫ちゃんにそう伝えるように頼まれたと、思いつきの嘘を言って誤魔化して帰ってきたんだ。ようやく京から戻ってきた娘が襲われたなんて言ったら、そのままぽっくりいっちゃうよ」

金次の説明にしばらく重苦しいような沈黙が座を支配した。

「娘のお縫といい、父親の繁蔵さんといい、なんの罪科もないのにこの仕打ちですよ」

四郎兵衛が腹立たしげに吐き捨てた。

「どうしたもので」

と仙右衛門が思案に余ったという顔を見せた。

「娘は山谷の柴田相庵先生の診療所、親父は蜘蛛道の裏で死にかけている。せめて最期くらいどこかで親子ふたりで静かに余生を過ごせればいいのだがね」

　と四郎兵衛が言い、金次が、

「七代目、おれにできることはねえか。なんでもやるよ」

　と真剣な形相（ぎょうそう）で頭取を見た。

「今晩ひと晩お互い考えようではありませんか。繁蔵さんにはたくさんの女郎が世話になっているはずですからね。会所ができることはしてあげたい」

　四郎兵衛が三人に願い、幹次郎らは頷いた。


　幹次郎と仙右衛門が大門を出たのは四つ半（午後十一時）の刻限だった。引け四つ（午前零時）まで大門は開いているというのに、駕籠屋が手持ち無沙汰に遊び終わった客待ちをしているだけで、五十間道には新しい客の気配はなかった。

「番方よ、どうにかしてくれないか。顎が干上（ひあ）がってしまうよ」

　顔見知りの駕籠屋がぼやいた。

「すまねえ。吉原に客が来ないんじゃ、おまえさん方も商売にならないやね」

　と詫び口調で応じた仙右衛門と幹次郎は、五十間道から衣紋坂（えもんざか）を山谷堀へと肩を並べて上がっていった。

「わっしは物心ついたときから吉原育ちですがね、こんなに閑散とした遊里は初めてですよ」

「やはり紋日を多く作り過ぎたことが主因であろうか」

「それもございますがね、なにより景気が悪いやね。それに政(まつりごと)を司(つかさど)る松平(まつだいら)定信(さだのぶ)様は、なにはダメかにはダメ、節約だ切りつめだって引き締めばかり。これじゃ景気はよくなりませんよ」

田沼意次(たぬまおきつぐ)の天明の改革失敗のあとを受けて、幕府を主導する老中に就任した松平定信ほど、

「文武両道左衛門(ぶんぶりょうどうざえもん)　源(みなもとの)　世直(よなおし)」

と称されて、世間から期待された政治家もいなかろう。だが、寛政(かんせい)の改革の目玉が奢侈(しゃし)禁止令とあって、その評価は急激に下がった。

この寛政二年（一七九〇）を最後に長崎出島(でじま)のオランダ商館長(カピタン)を長崎奉行が引き連れての江戸参府が四年に一度になり、江戸に流入した逃散(ちょうさん)農民らに、

「在所(ざいしょ)に戻るべし」

との通達が出されたりした。

「なんやら八方塞がりじゃな」

と幹次郎が溜息を吐き、

「こんなときの焦りは禁物ですぜ。七代目がなんぞあの親子のためになるいい考えを思いついてくれればいいんですがね」

と仙右衛門が応じたとき、ふたりは見返り柳まで上がってきていた。

「お縫のことは、番方、頼んだ」

柴田相庵の婿同然の仙右衛門に願った。

「お芳がついていますからね、わっしじゃなんの役にも立ちそうもねえ」

と苦笑いした仙右衛門と別れた。

橋を渡り始めた仙右衛門が、

「神守様、お百夜参りやら願掛けで悩みがなくなるならば、わっしも縋りたい気分ですぜ」

と幹次郎に言いかけ、幹次郎は黙したまま頷いた。

幹次郎は、山谷堀を今戸橋の方角へ歩き出した。だが、吉原に駆けつけてくる駕籠は見えなかった。

山谷堀に沿った編笠茶屋も灯りを落としてすでに眠りに就いていた。

客もなし　景気も悪し　師走かな

幹次郎の頭に言葉が散らかった。なんともひどい五七五があったものだと、才のなさに呆れた。

柘榴（ざくろ）の家では、門前の灯りは消されていた。だが、主の帰りを感じたか、飼い猫の黒介（くろすけ）が玄関で鳴く声が聞こえた。

「お帰りなさいませ」

と汀女が幹次郎を迎え、腰の大小を受け取り、座敷の刀掛けに置きに行った。

「姉様、未だ起きておられたか」

「亭主どのが働いておるのです」

と笑った。

「お疲れのようですね」

「気づかれたか」

「囲炉裏端（いろりばた）で遊女衆の文をあらためておりました。あちらで酒（ささ）を呑まれて気分を変えませぬか」

「それはよい。このままでは床に入っても眠れそうにない」

幹次郎は足音を忍ばせて囲炉裏端に向かった。

小女のおあきが自室の三畳間で眠っていた。

「幹どの、おあきに気遣う要はありません。若いということでしょうか、いったん眠ったら朝まで夢も見ないで熟睡だそうです」

「それは驚きじゃな」

幹次郎は囲炉裏端に座り火を前にして、外の寒さを改めて感じた。

汀女が酒の仕度をしながら火に手を翳す幹次郎に訊いた。

「吉原でなんぞ起こりましたか」

「起こったというほどでもない」

前置きした幹次郎は、吉原の客が減っていることで名主七人が紋日を今のままとするか、昔のように紋日を減らして客足を取り戻そうとするかで二派に分かれて対立していることや、呉服商島原屋の吉原出店の番頭親子の難儀などをぽつんぽつんと、汀女の合いの手に乗って喋った。

燗酒を呑みながらだ。

「正直申して浅草門前町のお店も以前に比べて客足が減っております」

「料理茶屋山口巴屋はどうだ」

「一度は客足が落ちました。去年の三月のことでしたか、松平定信様の奢侈禁止の触れの直後です。玉藻様とあれこれ工夫してようやく今年の春ごろよりお客様が戻ってこられました」

「姉様、教えてくれぬか。客足が落ちた料理茶屋にどうして客が戻ったのであろうか」

幹次郎は手にしていた杯の酒を呑み干し、汀女に渡して酒を注いだ。その杯の酒をしばし眺めていた汀女が、

「ひとつには松平定信様の奢侈禁止一辺倒の施策に、世間は疑いを持っておられるということでございましょう」

幹次郎が頷いた。

すると汀女がゆっくりと杯の酒を口に含んだ。

「ふたつ目があるのか」

「さてふたつ目が効いたかどうか、加門麻様に教えられてこのところ姿が見えないお客様に時候の挨拶代わりに、下手な絵を添えた文を出してお誘い致しましたところ、久しくお姿が見えなかったお客様が戻ってきてくれました」

「姉様が絵文を認(したた)めたか」

「こちらも必死でございます」

「知らなかった」

「命を懸けて会所の務めを果たしておられる幹どのには及びませぬがな」

「そうか、この柘榴の家も姉様の働きで頂戴したものか。それがし、勘違いをしておった」

「幹どの、それは違います。この柘榴の家は幹どのが文字通り血を流して会所から得た城にございますよ」

「そう聞いておこうか」

幹次郎に汀女が杯を返してくれた。呑みかけの酒がわずかに残っていた。

幹次郎はその酒を喉に落とした。

汀女は知らぬふりをしていた。

「吉原でもその手が使えようか」

「文で客を新たに呼び込むことですか」

「そうだ」

「遊女衆が客を呼ぶ手立てとしては昔から使われてきたものです。それを麻様に教えられたのはこちらです。本家は向こう、ということはその手は使えますまい」

「そうか、さようだな」

「紋日を減らすことは必至の策です。三浦屋四郎左衛門様と四郎兵衛様はよう耐えておられますな」

「角町名主の池田屋哲太郎、江戸二の相模屋伸之助、伏見町の壱刻楼蓑助のお三方を説得するのはなかなか難しかろうな」

と幹次郎が呟くように答えた。

「江戸二の相模屋伸之助様も紋日減らしに反対ですか」

「反対派の急先鋒じゃそうな」

汀女がなにごとか考えた。

「姉様、相模屋の旦那をご存じか」

「うちの料理茶屋にどちらかのお武家様とお見えになりました」

「ほう、山口巴屋にな」

「私が応対に出ますと、女将(おかみ)の玉藻様を挨拶に出せといささか横柄な口調で命じられました。ですが、その折りは玉藻様がおられず、叶(かな)いませんでした」

「それがし、相模屋の旦那とは口を利いたこともないでよう知らぬ。三十五、六の男盛り、整った顔立ちゆえ女子衆が放ってはおくまい」

「幹どの、玉藻様にその言葉は禁句です」

「おや、なんぞ差し障りがあったか」

「私も過日に玉藻様に聞かされ知ったことです。以前、伸之助さんから玉藻様を嫁にという話があったそうです。四郎兵衛様が一応玉藻様に尋ねたところ、言下に『お父つぁん、私はあののっぺりした面が嫌いです』と一蹴されたとか。四郎兵衛様も玉藻様と同じ考えではございませぬか、どうも相模屋の心底が知れぬと申されたとか」

「とは申せ、昔の遺恨でこたびの紋日減らしを反対されているのではあるまい」

「さあてどうでしょうか。正直、私もあのお方は信頼できぬと思います」

幹次郎の手にした杯に新たな酒が注がれた。

「姉様、玉藻様にいつぞや他にも見合い話がなかったか」

幹次郎の問いに汀女が頷き、

「四郎兵衛様が大怪我を負われた三月か四月前にも見合い話はあったそうです」

「七代目の大怪我で立ち消えになったのであろうか」

「いえ、玉藻様が断わられたそうです」

しばし幹次郎は考えた。

「男嫌いというわけではなさそうな」

「幹どの、玉藻様には胸に秘めたお方がおられるのではございませぬか」

「ならば話は早い」

「秘めた方とは私の推量です。もし当たっていたとしたら、玉藻様が打ち明けられないお方ということではございませぬか」

「うーむ、考えもしなかった」

と幹次郎は首を傾げた。

この一日だけでいろいろなことが起こった。そのどれとして解決の目処すら立っていない。このようなときは、

(時が過ぎるのを待つしかないか)

と思った。

「おお、一番大事なことを忘れておった」

「どうなされました」

「姉様、豊後国岡藩からそれがしに復藩しろとの命が伝えられた」

「なんですと」

幹次郎が経緯を告げると、

「殿様が亡くなられましたか」

「本年五月に久貞様が亡くなられ、十五歳の久持様が藩主になられたそうな」

「十五歳の久持様が幹どのの行状を承知とも思えませぬ。幹どのはどう返答なされましたか」

「即座に断わった。なんとも怪しげな話ではないか」

「それでこそわが亭主どのにございます」

「われらの住処（すみか）はこの柘榴の家、そして忠義を尽くす場所は吉原じゃからな」

幹次郎が言い切るのに汀女が艶然（えんぜん）とした笑みで応えた。

二

次の朝、幹次郎は会所に出る前に山谷の柴田相庵の診療所を訪ねた。すると門前に金次がうろうろする姿があった。

「どうした、金次。お縫の見舞いなればなぜ入らぬ」

「ああ、神守様、おれが行って喜ぶかな。嫌だって言うんじゃないかと思ってよ」

「幼馴染であろう」

「そうだけどよ、もう何年も会ってないもの」

「幼馴染なればそのように案ずることはあるまい」

「おれがさ、吉原会所に勤めているなんて知らないんだぜ」

金次が抗った。

幹次郎は思い出していた。

金次は叩き大工の三男坊として三ノ輪の梅林寺横町の芋洗と呼ばれる一角の裏長屋で生まれ、ふたりの兄は親父の跡を継いだ。

だが、金次は鳶になった。

その後、兄の保造が大工を辞めて吉原会所の若い衆に職替えした。だが、保造は御用を務める中で殺されるという悲劇に見舞われた。

金次はそのとき、保造の跡を継ぐことを決心して梅林寺の和尚に相談し、吉原会所の若い衆になったのだ。

そう金次が幹次郎に告白したことがあった。

未だ幼い折り、兄弟たちは親父に酉の市に連れていかれ、吉原の華やかさを承知していたという。

「それがしも気になったので、訪ねてきたのだ。いっしょに行こうではないか」

幹次郎が誘い、金次がこっくり頷いて、その言葉に従った。

診療所の大火鉢が入った三和土にはもう数人患者が待っていた。

「あら、神守様」

お芳が目敏く見つけ、お縫の寝ている座敷に上がるように手で指し、

「今、相庵先生が診察しているわ」

「落ち着いたのかな」

「お縫さんは、ひと晩ぐっすりと休んだからもう大丈夫」

「ならば顔を見ていこう」

幹次郎の後ろにへばりつくようにしている金次をお芳が面白そうに見た。

ふたりが廊下伝いに行くと、

「首を絞められたところが二、三日痛むかもしれぬが大事ない。傷も直ぐに治るでな、案ずることはないぞ」

という珍しく優しい相庵の声が障子戸の向こうから聞こえた。

「先生、私のことより、お父つぁんのことが気がかりです」

「繁蔵さんな」

相庵は口籠(くちご)もった。

「どうなのでございますか。病は回復しましょうか。お店ではもうお父つぁんが病に取りつかれたゆえ、吉原の出店を出ろと何度も催促(さいそく)があるようですが」

「うむ、吉原の蜘蛛道の日も差さぬ住まいより、どこぞ静かなところで暮らせるとよいのだがな」

相庵は縫には未だ詳しく真実を告げていないのかと幹次郎は思った。

「御免」

幹次郎が声をかけると、障子戸が静かに開かれ仙右衛門が顔を出した。

仙右衛門は相庵の診察に従ってその様子を見守っていたのだ。

幹次郎が仙右衛門に目顔で挨拶し、

「相庵先生、お早うござる」

と声をかけた。

「朝っぱらから会所の連中がうちに詰めかけるほど廓は暇か」

「まあ、そんなところでございます」

幹次郎が答え、敷居を跨ぐと、

「お縫さん、親父さんの病が好転するようにできることはなそう。あとはな、この連中に相談なされ。まあ、そこそこには役に立つでな」

と言い残した相庵が座敷を出ていった。

幹次郎は縫の様子を見る前に座敷を見回した。その様子を仙右衛門が目に留めて、

「先月、神守様が寝かされていたのと同じ座敷ですよ」

と言った。

幹次郎は思わず胸の傷に手を当てた。

「もう傷は痛みませんかえ」

「津島道場で稽古をしていると、引き攣るような感じはするがな、痛みはほぼ消えた。だが、傷がこの座敷を見覚えているようじゃ」

ふたりの問答を縫は黙って聞いていた。

端整な顔立ちの娘だった。十四、五で京に修業に行き、苦労した経験が歳以上に縫を大人にしていた。

「お縫さん、承知かどうか知らないが、わっしらは吉原会所の者だ。わっしは番

方の仙右衛門、まあ会所の番頭のようなものだ」

「お芳さんのご亭主だそうですね」

縫の言葉には京訛(なま)りは感じられなかった。だが、江戸の女衆の言葉遣いより当たりが柔らかい口調で、それが京修業を唯一想起させた。

「お芳に聞いたか」

縫がこっくり頷いた。

「こちらは会所の裏同心と呼ばれる神守幹次郎様だ」

縫が訝しい顔で幹次郎を見て、

「会所にお侍さんがおられるのですか」

「狭い廓の中に大勢の人が住んでいるのだ。あれこれと騒ぎが起こる。その折り、神守様と女房の汀女先生は心強い味方だ」

「夫婦で吉原会所に勤めておられるので」

「そういうことだ。お縫さんの騒ぎも神守様をはじめ、わっしらが探索して、おまえさんを襲った野郎を必ずひっ捕まえる」

こくりと頷いた縫が幹次郎の背後に体を小さくして控える金次を見やって、小首を傾げた。

「お、お縫ちゃん、おれだ、金次だ」

金次が小声で言った。

縫はしばらく金次の顔を見ていたが、

「芋洗の裏長屋の金ちゃんなの」

「ああ、親父は大工の源造だ」

「ほんとうに金次さんなの」

「驚いたか。おれ、吉原会所の若い衆だがよ、お縫ちゃんの親父さんが島原屋の吉原出店の番頭だなんて知らなかったんだ。御免な」

「なにも金次さんが謝ることはないわ。お父つぁんに会ったのは幼いときに何度かでしょ」

「まあな、それにお縫ちゃんが京から江戸に戻ってよ、吉原に出入りしていたなんて考えもしなかったぜ」

「お父つぁんから文が来たので、京のお店に許しをもらって東海道を、京の本店から江戸へ来る人と一緒に旅してきたの」

「お店奉公といえばふつうは呉服町辺りだよな。まさかお縫ちゃんの親父さんがよ、吉原の蜘蛛道に住んでいたなんて、びっくり仰天だぜ」

金次と縫の話を幹次郎も仙右衛門も黙って聞いていた。ふたりだけで話させたほうが縫も安心だろうと思ったからだ。

「お縫ちゃん、吉原ってところは町屋と違う。大門を出入りするのも女衆は鑑札がなければできないんだよ。お縫ちゃん、よくおれたちに知られずに出入りできたな」

「島原屋の大番頭さんが面番所に金子がいくらか入った文を書いてくれたの。それで村崎様と申されるお役人が事情を察して鑑札を出してくれたの」

「そうか、そうだったのか。村崎の旦那、お縫ちゃんが若い娘だと思っていい顔しやがったな、ついでに金も懐に入れたか。鑑札なんぞはうちを通すのが筋なんだがよ」

と金次が言った。

「私、なにも知らなかったの。それにお父つぁんのことが心配で」

「ああ、事情は分かったぜ」

と応じた金次が仙右衛門と幹次郎を見た。

「金次、続けよ」

幹次郎が縫から話を引き出せと命じた。こくり、と頷いた金次が、

「いつから吉原の島原屋の出店に泊まっているんだよ」

「四日、いや、五日前からよ。お父つぁんの世話でどこにも出ていないわ。あの路地の人々が親切にしてくれたの」

「まさかお縫ちゃんが吉原にいるなんて魂消たぜ」

同じ言葉を何度も繰り返した金次が、

「親父さんの病が治るように稲荷社に夜参りしていたのか」

「隣の八百屋のおばさんが廓の中の四隅に稲荷社があって、三七二十一日、明石稲荷、九郎助稲荷、開運稲荷、榎本稲荷と夜参りを続ければ必ず願いごとが叶うって、教えてくれたの」

「初めて聞いたぜ」

「私は三日で終わったから、お父つぁんは治らないわね」

と漏らした縫の目に涙が浮かんだ。

「そ、そんなことはねえよ」

慌てた金次が、

「お縫ちゃん、昨晩の話、聞いていいか」

と涙を流す幼馴染を見た。

縫が頷き、金次に言った。

「でも、私、なにも覚えてないわ。いきなり後ろから首を腕で絞められて、刃を首筋に突きつけられたんだもの」

「顔は見てないのか」

「そんな余裕はなかった。なにが起こったのか分からなかったのよ」

「そいつは男だよな」

うん、と頷いた縫が言った。

「縞模様の袖の腕が太かったし、力が強かったから男衆に間違いないわ」

「若いか、それとも年寄りか」

「分からない」

縫が首を振った。

金次が困ったという顔で幹次郎を見た。

「そなた、昨夜、それがしに会ったのを覚えておらぬか」

縫が幹次郎をじいっと見て、あっ、と驚きの声を上げた。

「たしか開運稲荷でお会いしたお侍さんね」

「いかにもさようだ。そなた、あのあと、榎本稲荷に向かい、そこで襲われたか。

それにしては間があるように思えてな」

「お侍さん、私、もうひと回りしたんです」

「そうか、それで間があったか」

と答えたとき、縫の顔に微妙な変化があった。それを幹次郎は見逃さなかった。だが、そのことを問う前に、

「ということは大門の前を何度か通ったんだよな。なぜ、おれはお縫ちゃんに気づかなかったんだろう」

と金次が呟き、首を傾げた。

「私、下を向いて表門の内側をさっと通り過ぎました」

「だけどよ、女が大門前を通るのは吉原で一番難しいことなんだぜ」

「金次、お縫さんは外に出たわけではねえ。だから見逃したのだろうよ」

仙右衛門が金次に答えた。

「番方、若い娘がよ、大門を通れば、おれたちが見逃すわけがないのにな」

「ここんところ、吉原も会所もあれこれと起こり過ぎて、気が抜けていたのかもしれねえな。たしかに金次が言うように見逃したのは、わっしら会所の手落ちだ」

座に無言の間があった。

幹次郎はその間を利用した。

「お縫、そなた、最後の稲荷参りのどこかでなにかを感じなかったか。あるいはだれかから見られているような気がしなかったか」

縫はしばらく考えて口を開いた。

「お侍さん、勘違いかもしれません」

「それでよい。話してくれぬか」

「お侍さんと別れて暗い路地を抜け、榎本稲荷に向かい、お参りして大門前を通り、明石稲荷に立ち寄りました。そのあとのことです、だれかが私のあとを尾けているような気がしたんです。でも、吉原では暗がりでも煌々と輝く表通りが見えて人が往来しています。気のせいだと思って、ひと巡りしたとき、榎本稲荷で首を絞められたんです」

「やっぱりお縫ちゃんはあとを尾けられていたんだよ」

と金次が言った。

「お縫、繰り返し訊くことになる、我慢してくれ。襲われたとき、なにが起こったか分からないと答えたな」

「はい」

「それでもそなたは男の袖が縞模様であることを見ていた」

「はっ、はい」

「腕に彫り物なんぞはなかったか」

「彫り物ですって、見ませんでした」

と答えた縫が、

「そうだわ、腕に強い毛が生えていたわ」

「おお、それだ。よう覚えていたな」

幹次郎の褒め言葉に笑みを浮かべた縫の、最前流した涙は乾いていた。そして、しばし考えたあと、

「冬というのに汗掻きの男かもしれません。汗の臭いとその臭いを隠すために香を焚き込めていたかもしれません。入り混じった臭いが鼻を突きました」

「お縫、それみよ。そなたはあれこれと男のことを覚えておるではないか」

「お侍さん、もう覚えていることはございません」

縫の言葉に頷いた幹次郎が話を先に進めた。

「お縫、そなたが襲われた直後に壱刻楼の遣手のお末が現われて、大声を上げた

ことを覚えておるか」

「いえ、私、首を絞められて気が遠くなって、もうだめだ、と思ったとき、突き飛ばされるように放されたんです」

「遺手のお末が姿を見せたんで、野郎は慌てて西河岸のどぶ板の奥へと逃げ去ったってわけだな」

仙右衛門が縫の記憶を呼び戻すように動きをなぞった。

「お末の姿は見たか、お縫」

幹次郎が問い、縫が顔を横に振った。

「でも」

と言いかけた縫が口を不意に閉ざした。

「なんだな」

「いえ、息絶え絶えで現のことかどうか分かりません」

「曖昧でもよい。なにを感じたのか話してくれぬか。われら、そなたから聞いたことを他人に漏らすことは決してせぬ。そなたを襲うた者が廓内でそなたを見かけて襲ったとしたら、次にも同じことを繰り返すことが考えられる」

「えっ、私はまた狙われると申されますか」

「お縫ちゃんを二度と襲わせるようなことはしないよ。だけど、そいつが別のだれかを襲うことは考えられると、神守様はそう言うていなさるんだよ」

金次の言葉に縫が頷いた。

「はっきりと感じたわけではないんですけど、私の首を絞めた人、榎本稲荷にお参りに来たそのお末さんという人を知っているのかな、と思ったんです」

「なぜ、そう思ったな」

「お侍さん、ふうっ、と息を吐いて私の首を絞めていた腕を解いたとき、なにか短い言葉を吐き捨てたのです。でも、罵り声ははっきりと聞いたわけでもありません。いえ、そう思っただけかもしれません」

「だが、お縫、そなたはその者が遣手のお末を承知ではないかと感じたのだな」

「そんな考えがお侍さん方と話していて浮かんだのです」

幹次郎が大きく頷いた。


診療室に戻ってみると、足田甚吉が診察を受けていた。

「幹やん、なんだ、診療所なんぞでくすぶっておるのか」

「そなたこそどうした」

「風邪を引いたらしい。藪医者でも素人判断よりよかろうと薬をもらいに来たら、診察を受けさせられた」

とぼやいた。脈を診ていた相庵が不意に手を放し、

「なにも藪医者にかかることはあるまい、他に行け」

と突き放した。

「甚吉、言葉が過ぎる」

と幹次郎も窘めた。

「幹やん、相庵先生よ、藪医者なら藪医者と呼ぶものか。名医だから藪医者と言うたのだ」

「まあ、よい。大した風邪ではないわ。薬は出す、今日明日は仕事を休んで寝ておれ」

と相庵が甚吉の診察を終えた。

「お縫さんを吉原に戻すのか」

相庵がそのことを気にし、

「父親の繁蔵さんといっしょにこの近くの家を借り受け、住まわせることができるとよいのだがな」

と言葉を継いで幹次郎らを見た。

三

甚吉は薬を手に長屋に戻ることにした。その別れ際(ぎわ)、

「甚吉、そなたが休むことはこちらから料理茶屋に知らせておく」

幹次郎が声をかけると、

「頼む」

と応じた甚吉が、ふらりふらり、と元吉町の長屋に帰っていった。

「甚吉、子どもに風邪を移すでないぞ」

幹次郎の注意に甚吉は、振り返りもせず薬を持った片手を上げた。

仙右衛門と金次といっしょに山谷堀を渡った幹次郎は、見返り柳の下で足を止めた。そして、

(甚吉に訊き忘れた)

と思った。

豊後岡藩について内情を訊くことをだ。

幹次郎と違い、甚吉は未だ岡藩の朋輩と付き合いがあることを承知していた。だから、甚吉にそのことを質してみようと考えていたのだが、風邪というのでつい忘れてしまった。

「どうなさいましたな、神守様」

「番方、わが旧藩について甚吉に訊くことを忘れたのだ。だが、差し当たってこちらは急ぎではない」

「そうだよ。お縫ちゃんと親父さんをどうするんだよ」

金次が幹次郎の言葉に嚙みつくように言った。

「番方、まず島原屋を訪ねてみぬか」

「長年奉公してきた繁蔵さんを病というて放り出すつもりかどうか質すのが先というわけでございますな」

と仙右衛門がしばし思案し、命じた。

「金次、おめえはこの足で会所に戻りな。おれと神守様は島原屋に掛け合いに行くと七代目に伝えてくれ」

「分かったぜ。先が限られた繁蔵さんとお縫ちゃんの暮らしがなんとか立つようにしてくんな」

ふたりに願った金次が衣紋坂を下りていく。それを見た幹次郎と仙右衛門は土手八丁（日本堤）を今戸橋へと歩いていった。

「呉服町新道でござったな。島原屋喜左衛門のお店は」

「へえ、呉服屋にしては目端が利くんでしょうな。吉原に番頭を常駐させておくんですから」

「いつから島原屋は吉原に奉公人を置くようになったのであろうか」

「わっしが吉原に勤め始めたときにはもうありましたぜ。おそらく先代の頭取時代からではございませんかね。まあ蜘蛛道のことだ、出店といっても本店から古手の番頭をひとり置いておくだけで、町屋の呉服屋って佇まいにはほど遠い。だが、遊女衆は、直に好みを伝えられるってんでそれなりの数が出入りしておりましたよ。とはいえ、三井越後屋のように値の張る品を扱うわけじゃない。振袖新造辺りが求める手ごろな品を主に扱っておりました」

仙右衛門がたちどころに答えた。そして、幹次郎に訊いた。

「牡丹屋から猪牙を雇いますかえ」

「番方、歩いていかぬか。料理茶屋山口巴屋に甚吉が風邪で寝込んだことを知らせていきたい」

「そうでしたな。ならば寺町を抜けますか」

ふたりは浅草田町と山川町の間の道へと曲がった。

幹次郎の新居、柘榴の家がある道だ。

「どうですね、もう慣れましたかえ」

「一軒家の住み心地かな、未だ姉様とそれがしの住まいとは思えぬ。贅沢に慣れるのが怖いな」

「神守様方が命を張って稼ぎ出した新居ですよ。それだけの奉公の報酬です。大威張りで住んでくだせえ」

仙右衛門が言ったとき、寺町に差しかかる手前、浅草田町一丁目の南端に柘榴の家の渋い門が見え、小女のおあきが門前の掃除をしていた。

「ご苦労じゃな」

声をかける幹次郎におあきの足元にいた黒介がみゃうみゃうと鳴いて応えた。

「黒介、家に戻ったのではないぞ。ただ通りがかっただけだ」

黒介に言う体でおあきに告げた。

「もう汀女様はお店に出られました」

「これから立ち寄るところだ。なにか姉様に伝えることはないか」

「黒介といっしょにいつもの仕事をこなしています、安心してくださいとお伝えください」

おあきが答え、幹次郎が頷き返した。

「主然(あるじ)としてすっかり新居に馴染んでおられますぜ」

仙右衛門が笑ってさらに言い足した。

「長屋に住んでおれば長屋の器(うつわ)に人はなる。一軒家に住まいすれば、それだけ貫禄がついてくる。家が人を育てる、人柄を創るということはあるんですね」

「そのようなこと考えもしなかった。番方の実感か」

「ご存じの通り、わっしゃ小頭は、廓の蜘蛛道育ちだ。町屋の九尺二間(くしゃくにけん)の棟割(むねわり)長屋より狭いところで育ったんですよ。柴田相庵先生の離れ屋に暮らして、世間にはこんなにも広い家と敷地があるということを知りましたぜ。朝起きて頭の上に青空が広がり、庭木なんぞが何本も植わっているのを見ると、なんだか妙な気分になりますぜ」

「それみよ。番方も相庵先生の離れ屋に未だ馴染んでおらぬではないか」

「ということですかね」

ふたりはやり取りしながらも寺町の間の道から浅草寺(せんそうじ)境内の路地を抜けて広小(ひろこう)

路に出た。

料理茶屋山口巴屋の門内でも女衆が掃除をしていた。

疏水に架かった石橋の上に立つと料理茶屋の表口の花を汀女が活け替えていた。

早春を想わせる白梅だった。

「未だ年の瀬です。ちと季節を先取りしましたかね」

ふたりに汀女が問いかけた。

傍らには冬牡丹が艶やかな大輪の花を見せていた。

冬牡丹と寒梅のどちらかと汀女は迷った末に白梅を選んだようだ。

「凜としてなかなかいい」

と応じた幹次郎は甚吉の風邪を伝えた。

「昨日、怠そうにしておりましたからそんなことではないかと思うておりました。子どもに風邪など移さぬとよいのですが」

汀女も幹次郎と同じ言葉を吐き、仙右衛門は、

「夫婦は考えが似るってのはたしかだ」

と笑った。

「なんですね、番方」

「いえ、大したこっちゃねえ。わっしら、呉服町新道まで出かけてきます」

ふたりは汀女に甚吉が休むことを伝えると早々に表へと引き返した。

「すっかり汀女先生は料理茶屋を任されましたな」

「玉藻様の手伝いだったのが本職になったようだ」

「今日は廓で女郎たちに文の書き方を教える日ではございませんか。汀女先生も大忙しだ」

「師走ゆえな、人並みにわが夫婦も忙しない」

「客が少ないのは吉原だけか」

「いや、町を歩いても決して景気がいいわけではなさそうだ。なんとなく活気がないように思えぬか」

「松平定信様のご改革はあれがいかぬ、これがいかぬばかりでね。弾みがつかないや。このままじゃ師走が乗り切れませんぜ」

仙右衛門がぼやき、尋ねた。

「なにか客が来る秘策はございませんかえ、神守様」

「それがしにそのような考えがあろうはずもない」

と答えた幹次郎は、黙り込んだ。

「軍師どの、なんぞ考えが湧きましたか」

「いや、頭に閃くものはない。それより当代の島原屋喜左衛門さんは厳しい御仁のようだな」

と幹次郎は話を転じた。

「先代はなかなかの人物と聞いておりますがな、だからこそ吉原に奉公人を常駐させるようなことが許されたんでございましょうな」

「つまり当代は評判が悪いのか」

「わっしが耳に挟んだところでは、旦那の喜左衛門さんは博奕狂いだそうですぜ。主人がそうだから店がだらけ切っている。このところ島原屋の品の質が落ちたと何人もの女郎から聞かされました」

「それはそれは」

「繁蔵さんが病にかかったのをよいことに、追い出そうなんて勝手なことを考えてませんかね」

「番方、仮にも出店にしろ番頭と呼ばれてきたのだ。繁蔵さんは、少なくとも三十年は勤めていよう。その間の給金はどうなっておる」

「さあてね。その辺がね、今ひとつ」

仙右衛門が口を噤んだ。

呉服町新道は、呉服町の南に平行して外堀へと抜ける両側町だ。新道は南新道と北新道の南北ふたつに分かれていた。

江戸の町並みが造られた当初、樽屋三右衛門の屋敷があったことから、古老は樽屋新道と呼んだ。

京の出という島原屋喜左衛門方は呉服町新道に並ぶお店の中でも構えから見て、精々中くらいの規模だった。

仙右衛門と幹次郎は、しばらく南北の呉服町新道の間に立って北新道にある島原屋の様子を眺めていた。

番方から話を聞いたせいか、島原屋の店が暗く感じた。

たしかに奢侈禁止令のせいで、どこの呉服店も派手な商いは控えていた。だが、このようなときこそ、老舗は店商いより馴染の客のもとに番頭や手代に担がせた品を持参して、出商いに行ったり、それなりの工夫はしているものだ。だが、島原屋の店先に客はなく、数人いる奉公人も覇気がなく手持ち無沙汰という顔つきであった。

「こいつは厄介かね」

と呟いた仙右衛門が、

「御免なさいよ」

と敷居を跨いだ。むろん吉原会所の名入りの長半纏（ながばんてん）は裏に返され、屋号や名も見えない。

「いらっしゃい」

土間にある火鉢の灰を掻き回していた小僧が応じた。

帳場格子の大番頭がちらりと仙右衛門の顔を見て、嫌な表情を見せた。

「なんですね、仙右衛門さん」

「ちょいと旦那にお話があって参りましたので」

「旦那様は忙しいからね」

「奥におられるのでございましょう」

仙右衛門が突っ込んだ。

「まあ、おられるにはおられますがね。あまりご機嫌はよくございませんでな、会うのはどうかと思いますよ」

「美蔵（よしぞう）さん、大の男がふたりして相談ごとに来たんだ。長年、こちらとうちは付き合いもある。話を通してくれませんかね」

仙右衛門が粘り強く美蔵と呼ばれた大番頭を説得した。美蔵は、嫌々という顔で迷っていたが、それでも奥に尋ねに向かった。

幹次郎と仙右衛門は、小僧が灰を掻き立てていた火鉢の傍で長いこと待たされた。大番頭はなかなか戻ってくる気配はない。

小僧は埋火を火箸で少しだけ出したり埋めたりしていた。炭は客がいるときだけ足すように命じられているのか、そのせいもあって店の中は寒々としていた。

「根競べかね」

仙右衛門が呟く。

「いえね、この感じでは吉原の出店の上がりが頼りだね。繁蔵さんを追い出してだれぞ新しいのと入れ替えるつもりかね」

小声で幹次郎に番方が囁きかけたとき、奥から女が出てきて、

「お客さん、奥へどうぞ」

と投げやりな口調で言った。

幹次郎と仙右衛門は土間の端から店に上がり、幹次郎は腰から外した刀を手に女に従った。

島原屋喜左衛門は四十をいくつか過ぎた男だった。若いころは男前であったと

幹次郎には推測されたが、博奕狂いのせいか、顔の肌は荒れて五体からふしだらな感じが漂ってきた。

「吉原会所がなんの用事ですね」

まだ座敷に通りもしないふたりに投げやりな口調で訊いた。

「旦那、申し訳ない。余計なお節介に参りましたのさ」

「余計と承知ならこのまま吉原に帰りなされ」

素っ気ない返答だった。

「それがさ、そうもいかないのさ」

仙右衛門が長火鉢を挟んで睨み合うように腰を落とし、幹次郎は座敷の入口に座った。

「なんですね、用件は手短にお願いしますよ」

「昨晩、吉原出店の番頭繁蔵さんの娘が何者かに襲われましてね」

仙右衛門が前置きすると、

「お縫が傷ものになったたって」

といきなり訊いた。

「旦那、なぜお縫が傷ものになったと考えなさるので」

「だって襲われたというからさ。吉原会所がしっかりしないから廓内でそんな騒ぎが起きたんじゃないか」

「まあ、そうかもしれません」

仙右衛門は縫が襲われた経緯をざっと話し、

「問題は父親の繁蔵さんのほうだ。なんでもこちらでは繁蔵さんに出店から出ていくように命じられたそうですね」

「会所の、繁蔵は病です。仕事のできない者をうちでは雇っておく余裕はございませんでな。これはうちの内々のことで、会所が関わることではございません」

にべもない返答だった。

「余計ついでだ。出ていくには金もかかる。繁蔵さんの給金はどうなってますんで、旦那」

「吉原の、いささか僭越ではございませんか。うちの奉公人の給金うんぬんを知って、吉原会所がどうしようというんですね」

「娘とふたり、短い余生を静かに過ごすには住まいが要る。だから、こうして余計な節介をしているんでございますよ」

「会所がうちのことに嘴を突っ込むんですね、全く余計なことですよ。帰りなされ！」

　喜左衛門が怒鳴った。

「旦那、繁蔵さんは何年こちらに奉公したんですね。犬猫でもあるまいし、勤めを辞するときには、それなりの挨拶がお互いにございましょう。繁蔵さんの給金はどうなってますんで」

　幹次郎はふたりのやり取りを聞きながら大番頭の美蔵を見ていた。

　不安と困惑の表情がありありと見えた。

「会所の、おまえさん方に関わりがないことだ」

「すでに繁蔵さんに給金をすべて渡しているというのならば証文を見せてもらいましょうかね」

「繁蔵に金がないというのなら、お縫の体を吉原の妓楼に売ればいい。それで親孝行ができるというもんだ」

「島原屋の旦那、おまえさん、女衒まがいの言葉を吐きなさったね。奉公人の貯めた給金まで博奕に使い込んだということはあるまいね」

「関わりがないと言うておるのが分からないか。大番頭さん、ふたりにお引き取り願いなされ！」

大番頭はいよいよ不安が増したという顔でおろおろとしていた。

幹次郎は、仙右衛門の当てずっぽうが図星だと分かった。

「大番頭どの、そなたの給金も旦那が預かっておいでか」

と幹次郎が訊いた。

「ええ、まあ」

「一度、これまでの働き賃、見せてもらったほうがよさそうだ」

「なにを馬鹿なことを」

喜左衛門が狼狽した。

「島原屋の旦那、奉公人の給金まで博奕に注ぎ込んだとなると、えらいことですよ。まず繁蔵さんのあと、吉原出店は引き継がれないと思いなされ」

「そ、そんな無茶な」

「今晩まで待ちましょうか。繁蔵さんの給金を一文残らず会所まで持ってきなされ。そうすれば島原屋が廓内で商いすることを許されましょうな」

言い放った仙右衛門が立ち上がった。

「む、無理だ。そんな金子はない」

「旦那」

大番頭が悲鳴を上げた。

「いいかえ、売掛金を掻き集めてでも繁蔵さんのもとへおまえさんが持ってきなされ、会所が立ち会うからな。念を押したよ、喜左衛門さん」

ひと睨みすると幹次郎に辞去しようと目顔で言った。

四

ふたりが吉原に戻ってくると、無精髭の顎を手で撫でながら面番所隠密廻り同心の村崎季光が、

「裏同心どのと番方がお揃いか。なんぞ魂胆がありそうな」

と声をかけてきた。

仙右衛門はかたちばかりの会釈をしてさっさと会所に向かった。だが、村崎が幹次郎の前に立ち塞がったので、足を止めずにはいられなかった。

「なにを画策しておる。会所が面番所の監督下にあることを忘れるでないぞ。喋らぬか」

「喋るとはなにをでございますな」

「決まっているではないか。わしに隠れてこそこそと探索をしておろう。それも廓の外でな」

「そなた様の尻拭いにござる」

「わ、わしの尻拭いじゃと。そのようなことを頼んだ覚えはないぞ」

「昨晩、榎本稲荷前で若い娘が男に襲われたことを承知でしょうな」

「おう、未遂に終わったそうじゃな。大事なくてよかったではないか。なぜこの一件にわしが関わりを持つ」

「襲われた娘のお縫は、揚屋町裏の島原屋の奉公人の娘とか。村崎どのが廓内に住まいすることを許されたそうですな」

「なに、そうか、あの娘が襲われたのか。素人素人していて初々(ういうい)しいでな、吉原に冷やかしに来た客がついもよおしたか」

村崎が無責任な言葉を返した。

幹次郎は村崎をひと睨みすると、強い口調で言った。

「お縫を廓内に住まわせるならば住まわせるで、その折り会所になぜ伝えてくれなかったのでございますな。事が起こったとき、こちらはあの娘が廓内に住んでおることを承知していなかった。ゆえに身許(みもと)調べに時を要しましたぞ」

「なぜ会所にいちいち知らせねばならぬ。吉原を監督する面番所は会所の上位にあることを忘れるでない」

村崎が言い返した。

「ならば申し上げます。村崎どの、実際の探索は会所が受け持っております。このたびのことも村崎どのがわれらに一報していれば、無駄な動きをせずに済んだのです」

言葉は丁寧だが、幹次郎の舌鋒はいつになく鋭かった。ために村崎がたじたじとなり、

「それはそうだが、つい忘れてしもうたのだ。師走はなにかと忙しい、そなたてひとつ二つ忘れることはあろう。のう、神守幹次郎どの」

と村崎が幹次郎に佞るように言った。

「御用は遊びではござらぬ。村崎どの、会所に任すならば任すで今後はすべてを委託してくだされ」

「わ、分かった」

「分かっていただければ宜しい」

幹次郎は言い残すと会所に向かった。その背に村崎がぶつぶつと不満を述べる

声が聞こえてきた。

会所の腰高障子が内側から開き、若い衆の遼太がにやにや笑いながら幹次郎を迎えた。

すでにそこでは番方が四郎兵衛に呉服町新道の島原屋での話を報告していた。それには構わず奥座敷に行った。

「先代のときから島原屋は吉原に出入りしてきましたが、終わりですかな」

四郎兵衛が憮然として幹次郎に言った。

「七代目、番方から報告があったと思いますが、島原屋は奉公人から預かってきた給金を博奕に注ぎ込んでおりましょう。なんとか繁蔵さんとお縫親子が住まいする長屋を見つけねばなりませんが、島原屋に期待はできますまい」

「できませんな」

四郎兵衛が頷いた。どこか平然とした返答だった。

「なんぞお考えがございますので」

「山谷の柴田相庵先生の治療を受けてきた繁蔵さんです。できることとなれば、診療所の近くに仮住まいができるとよい。ひとつ心当たりがございますで、話をつけてきました」

「おや、それは手早い」

仙右衛門が驚きの声で言った。

「江戸一名主の駒宮楼六左衛門さんの御寮が橋場町にございます。庭から隅田川（大川）の流れを望むことのできる絶好な場所にございます」

「あの親子を駒宮楼の御寮に仮寓させますか」

「限られた余生を親子で過ごすには打ってつけの住まいです」

番方の問いに七代目が頷いた。

大楼は、廓の外に御寮を持っていた。抱えの遊女が病にかかった折り、あるいは懐妊した折りに静養したりお産したりするために、一時遊女を廓の外に住まわせるのが御寮であった。

四郎兵衛は駒宮楼の六左衛門に願ってきたらしい。

「それはなかなかの思いつきにございますな」

幹次郎も四郎兵衛の素早い動きに感嘆し、

「ですが、繁蔵さんは何十年もただ働きで島原屋を放り出されることになりますが」

と仙右衛門が漏らした。

「そこです、番方」

「なんぞ考えがございますか」

四郎兵衛はしばし腕組みして考えを改める様子を見せた。

「繁蔵さんに訊いたところ、島原屋の吉原出店は得意先に売掛金が七十三両ばかり残ってございます。各楼に話をつければその半金は繁蔵さんの給金として渡すことができます」

どうやら四郎兵衛は繁蔵とすでに会って話を済ませている様子だった。

「七代目、島原屋喜左衛門が許しますかな」

「博奕狂いの主が吉原出店の売掛金がいくらあるのかなど分かっておりますまい」

「主は知らなくとも大番頭の美蔵は承知です」

「承知でしょうな」

「うちで勝手に繁蔵さんの給金として渡してよいものですか。なんぞ揉めごとが生じたとき、島原屋が繁蔵さんを訴えませぬか」

「繁蔵さんは本夜半に夜逃げを致します。病が急変したということで通用口から外に出し、密かに駒宮楼の御寮に移します」

「うちが一枚嚙んでおると島原屋が知ったときには厄介でございましょう」

仙右衛門があれこれと起こりそうなことを例に挙げた。
「喜左衛門が、奉行所に訴えるとも思えません。博奕で店が左前に陥っている
ことを質されたくありますまいからな」
「大番頭はどうでございましょう」
「大番頭が吉原にある売掛金を思い出したときには、すでに繁蔵親子は廓の外に
出ております。島原屋出店の内証には売掛け台帳と各楼から徴収した金子を半金
ほど残しておきます」
「女郎らが売掛金を支払ってくれますかな」
「直ぐには返せますまい。そこでこたびにかぎり、売掛けの金子の七、八割にす
ると申し出るとどうなりますな」
「それでも女郎が即金で支払うとは思いません」
「女郎が購う衣装の代金はどこも楼主が立て替えておりましょう。楼主にこた
びにかぎり割引きすると申せば払ってくれるところもございましょう」
大胆な企てだった。
「島原屋はもはやひと月ともちません。賭場に多額の借財があり、怪しげな面々
にやいのやいのと催促されております」

四郎兵衛が言い切った。

幹次郎は島原屋の商いの具合や主の身辺を調べての企てかと思い当たった。

「なぜ島原屋が繁蔵さんを辞めさせ、吉原の出店から追い出したいか。我々と同じように吉原分の売掛金に目をつけた者がいてのことです。最前から申すように主ではない」

「大番頭の美蔵ですか」

「神守様、まあそのような見当でございましょうな」

ふうっ
と仙右衛門が息を吐いた。

「繁蔵さんにかような駆け引きができるとは思えません」

「ですから、神守様と番方が繁蔵さんの代役で各楼を回り、主に交渉なされ。これが島原屋吉原出店に売掛金が残っている楼です」

四郎兵衛がふたりの前に紙片を置いた。

ふたりはしばし唖然(あぜん)として、沈黙した。

「驚きました。長いこと吉原会所の飯を食っておりますが、呉服屋の取り立ての代役を務めようとは努々考えもしませんでした」

仙右衛門が嘆いた。

「廓内の住人を助けるのが会所の務めです。ならばこれも番方と神守様ふたりの仕事です」

揚屋町裏の島原屋の出店は間口一間半（約二・七メートル）、奥行二間（約三・六メートル）の広さだった。ここが呉服屋の住まいを兼ねた店だった。

かつてはこの店で年間に何百両もの売り上げがあったという。なかなかの商いだったが紋日が増え、客足が遠のいた吉原では中級の女郎衆も小袖や打掛を誂えることを控えていた。

「番方か、用意してございます」

青白い顔の繁蔵が売掛金のある妓楼の証文を差し出した。

「えらく手際がいいな」

「七代目とは昔からの知り合いでね。お縫の一件を相談していたんですよ」

「相談とはなんだね、繁蔵さん」

「お縫をうちの旦那が吉原に売らないかと言い出したとき、七代目になにがあってもそれだけはやめてくださいと願っていたんだよ」

「ということは、七代目はお縫がこの家にいることを承知していた」

「むろんのことだ、番方」

と応えた繁蔵が、

「京の奉公先に私が病ゆえ会いに戻れと文を出したのは七代目から再三言われたからなんだよ」

と新たな事実を言い足し、

「あと三月の命の者の頼みだ。お願いします」

と頭を下げられて仙右衛門が証文の束を摑んだ。


幹次郎と仙右衛門が訪ねた六楼のうち、ふたつの楼が三割引きを条件に全額を支払い、三つの楼が半金を出して証文を書き換え、ひとつは、今はとても支払えないとにべもない返答だった。どの楼も、その口調から島原屋が苦境に陥り、早晩潰れることを承知している様子があった。

結局ふたりが回収できた売掛金は四十二両二分であった。

この金子の半金と書き換えた証文、そして、繁蔵が島原屋を辞する代わりにこれまで支払われなかった給金の一部として半金を受け取るとの書付を会所に預け、繁蔵は島原屋の吉原出店を密かに出ることにした。むろん会所の若い衆の手伝いがあってのことだ。

引け四つの拍子木（ひょうしぎ）が打ち鳴らされる中、大門は閉じられた。

人影がなくなった揚屋町から仲之町に向かって夜廻りの体の金次らが繁蔵を囲むように通用門を出て、大門の外に待たせていた駕籠に繁蔵を乗せて、橋場町に向かった。

吉原会所の馴染の駕籠屋に駕籠だけを借り受け、若い衆が担いで駒宮楼の御寮へと粛々（しゅくしゅく）と向かった。

御寮にはすでに縫が待ち受けていた。

「お父つぁん、よかったね」

縫は会所の手助けで吉原から出られた父親を涙を流して迎えた。

「お縫ちゃん、今晩はもう遅いや。親父様とゆっくり休みねえ」

金次が縫に言い、若い衆は駒宮楼の御寮を出た。

「金次さん、皆さん、有難うございました」

縫が深々と一同に頭を下げ、

「お縫ちゃん、おれがさ、柴田相庵先生を折々、診察によ、こちらに連れてくるからよ。しばらくは繁蔵さんもお縫ちゃんも御寮の外に出歩いちゃならねえぜ」

金次が注意をし、縫が頷いた。

一夜にして島原屋の出店の繁蔵がいなくなったという知らせが、会所から呉服町新道の島原屋にいった。

口上は、柴田相庵の診療所の帰りに娘といっしょに姿を消したということにしてあった。

吉原に駆けつけてきたのは大番頭の美蔵だった。揚屋町の出店の様子を慌ただしく確かめた美蔵が会所に飛び込んできた。

「一体全体なにが起こったんですよ」

その顔色が変わっていた。

座敷に通した美蔵に四郎兵衛、仙右衛門、幹次郎の三人が応対した。

「あの親子、お店に愛想をつかしたんじゃございませんか」

と四郎兵衛が言ってのけた。

「店にはこちらに預かり物があると、書付が残されておりましたがな」

「ええ、大番頭さん、あの店に残されていたのは、二十一両一分の金子と証文、それに島原屋さんに宛てた繁蔵さん直筆の文でございましたよ」

四郎兵衛は繁蔵が残した品々と金子を大番頭に見せた。すると美蔵の両目がきらりと光った。

「二十一両一分ですと」

「売掛金の残額を値引きして支払ってもらった四十二両二分の半金のようですな。繁蔵さんが残した文によると、半金はこれまで主家に預けていた給金の一部として頂戴するそうな」

「な、なんと勝手なことを繁蔵め、やりましたな。奉行所に訴えます」

熱り立った美蔵が言った。

頭の中にあれこれと妄念が渦巻いていることが三人には容易に想像できた。

「会所の知らせに旦那はどう申しておられました」

「それが旦那は留守でございましてな」

「留守とは金策でですか」

四郎兵衛がさらりと問うた。

「ええ、まあ、賭場にだいぶ借金がございますでな、業を煮やした強面の面々が無理に連れていったんですよ」

思わず答えた美蔵が、

「おや、会所はすでにうちの内証を承知でしたか」

と尋ね返した。

「会所と島原屋さんとは先代以来の付き合いです。内情はおよそ承知です。ために繁蔵さんも大胆なことをしてのけたのではございませんかな」

美蔵が先を越されたという顔を見せた。

「二十一両一分の金子で旦那の賭場の借財を払ったらどうですね」

四郎兵衛が言った。

「七代目、こんな端金(はしたがね)で賭場の借金が払えるものですか。うちはもうだめだ。呉服町新道の店は早晩あやつらに乗っ取られます」

「そりゃ、大変だ」

「大変どころじゃない。繁蔵め、うまいこと逃げました」

「医者に余命は三月、半年もたないと宣告されているんです。覚悟を決めたんでしょうな。大番頭さん、そなたもこれまで働いてきた給金を旦那に預けたままですか」

「暖簾分けしてくれると十年前から何度も空約束(からやくそく)された結果がこれですよ。泣くに泣けません」

美蔵が顔を歪めゆが、なにか必死で考えている様子だった。

仙右衛門は、ぶるぶると美蔵の手が震えているのを見ていた。

美蔵は関わりがある売掛けのある得意先に少しでも支払ってもらえないかなどと考えている顔つきだった。むろんその金子は自分の懐に入れるためだ。

「やくざ者に店を乗っ取られる前に売掛けがあれば、繁蔵さんの手口で値引きしてでも金子を頂戴するんですな。それがお店のためですよ、大番頭さん」

と仙右衛門が唆そそのかした。

「そうでした、そうします」

と美蔵が思わず呟き、

「この金子、頂戴していきますよ」

と二十一両一分を摑んだ。

「その前に受け取り証文を認めてくれませんかね、大番頭さん。あとで会所がなにやかにやと島原屋の旦那や奉行所から言われるのは迷惑だ」

仙右衛門が用意していた硯箱すずりばこと紙を差し出した。

「え、私がですか」

「そりゃ、そうです。繁蔵さんだって俸給の代わりに半金は頂戴したと書付を残していいるんですからな。おまえさんも旦那の代わりに書き残してくださいな」

美蔵はしばらく考えていたが、震える手で筆を握り、なんとか受け取り証文を認めた。

「大番頭さん、吉原出店はどうなされますな。いくらか品物が残っておるようですがな」

「私がお店に持ち帰ります」

「ならばそちらの受け取りも認めてもらいますよ」

仙右衛門が言い、

「おい、若い衆、島原屋さんの品数が多いだの、少ないだの揉めても迷惑だ。ちゃんと大番頭に立ち会い、反物の数をしっかりと確かめるんだよ」

仙右衛門が大声で命じて、美蔵は若い衆に付き添われてふたたび揚屋町裏の蜘蛛道の店に戻っていった。

「あの大番頭、吉原に残った反物を知り合いの質屋に入れて金子に換え、最前懐に入れた二十一両一分と合わせ、持ち逃げしますか。いや、一度呉服町新道には戻り、売掛けのある得意先の証文を持ち出しますか」

と仙右衛門が推量し、

「大方そんなところでしょうかな。あの大番頭さん、島原屋が潰れるのをだいぶ前から承知していたはず、店の金にも手をつけていましょうな。主が主ならば、大番頭も大番頭だ」

と四郎兵衛が応じた。

その言葉を幹次郎は黙って聞き、

(師走じゃな)

と黙然と考えた。

世の中を　金が走らす　師走かな

という雑然とした言葉が浮かんだ。

第三章　玉藻の秘密

一

翌々日のことだ。

幹次郎が柘榴の家を出ようとすると足田甚吉が訪ねてきた。そして、さっさと囲炉裏端に上がり込んで、

「幹やん、もう朝餉は済んだか」

と声をかけた。

「今何刻と心得ておる。とっくに朝餉は終わっておる」

「残り飯で茶漬けでもよい、食わせてくれぬか」

後片づけをしていたおあきが呆れた顔で甚吉を見た。汀女が奥から出てきて、

「おあきさん、残った味噌汁を温めてくださいな」

と願った。すると甚吉が、

「姉様、鶏卵（たまご）がないか、味噌汁に入れてくれ」

「おい、甚吉、おまえにはかみさんはおらぬのか」

と幹次郎が余りに遠慮のない態度を窘めた。

「子どもの世話が忙しいとよ、風邪で寝ている者に食わせるものはないんだと」

と甚吉が答え、汀女が、

「夫婦喧嘩（げんか）でもしましたか。さような内輪のことをよそで口にしてはなりません、甚吉さん」

「姉様、われら身内同然の間柄ではないか。おれにも不満を吐き出す先が欲しいわ。いかぬか」

甚吉の居直りに汀女も幹次郎もなにも答えなかった。諦めた体のおあきが大根の味噌汁に生卵を割り入れて温め直している。

「風邪はどうだ」

幹次郎が話柄を変えた。

「師走の風邪はいかぬな、三日も寝込んだ。そのせいか仕事に出るのが辛（つら）いな」

と答えた甚吉に、汀女がだれと話しているのか思い出させるように言った。

「もはや山口巴屋に甚吉さんの仕事はございません。出てこなくともようございます」

「姉様、それはなかろう。これ以上、女衆に辛く当たられるのは敵わん」

甚吉が言い放ったところに卵が入った大根の味噌汁に漬物が載った膳が運ばれてきた。

「おお、美味そうじゃな」

飯茶碗に味噌汁をぶっかけてかぶりつくように食べ始めた甚吉を夫婦は言葉もなく眺めた。

「姉様、先に参るならば出かけてよいぞ。甚吉にちと話がある」

幹次郎が汀女に言った。豊後岡藩について尋ねようと思ったのだ。

「幹やん、小言は困る。飯が不味くなるでな」

口の端に卵の黄身をつけた甚吉が言った。

「幹どの、もし甚吉さんが役に立ちそうなれば、今日まで休みとしてようございますよ」

汀女が言い残して姿を消した。

おあきが茶を幹次郎と甚吉の前に置いた。

「どうだ、おあき、この家の居心地は」

味噌汁かけ飯を食べ終えた甚吉がおあきに視線を向けた。おあきが柘榴の家に奉公するきっかけを作ってくれたのは甚吉だ。

「おかげで極楽暮らしです」

「極楽暮らしな、長屋の一間に大勢で住むのはしんどいでな」

「こちらでは三畳間が私の部屋です」

ふーん、と鼻で返事をした甚吉が、

「よいか、この家が給金を滞らせることがあればおれに言え。厳しく取り立ててやるでな」

「そのようなことがあろうはずはありません。ともかく甚吉さんにはこれ以上世話にならぬようにします」

おあきが笑って甚吉の膳を下げ、後片づけのために井戸端へと出ていった。

囲炉裏端はふたりだけになった。

「甚吉、人聞き悪いことを言うでない。おあきの給金を溜めてたまるものか。わが家は小なりといえども呉服町新道の呉服屋と同じ穴のむじなではないわ。奉公人の給金を使い込むようなことはせぬ」

「ふうーん」

と鼻で返事をした。

「甚吉、そんな話はどうでもよい。それよりそなた、旧藩に今も付き合う仲間がおろう。なんぞ変わったことはないか」

「変わったことじゃと。ないな」

「先代の殿様、中川久貞様が身罷り、久持様に代わられたというではないか」

「おお、よう承知じゃな。この夏の五月であったかな、久貞様が亡くなった。それがどうした」

「江戸藩邸の内情をだれぞに聞くことができるようなれば調べてくれぬか」

「話がよう分からぬ。幹やん、隠しごとをして頼みはないぞ」

「そなた、旧藩に手蔓はあるのだな」

「なくはない」

「江戸御留守居役四十木元右衛門様と御目付笹内陣内様のふたりが吉原会所に姿を見せた」

「会所に薄墨太夫にでも口利きしろと言うてきたか」

「そうではない。この神守幹次郎に藩へ復帰せよとの談判だ」

「なに、幹やんに馬廻り役に戻れというのか。ならばこの家はどうする」

「話を落ち着いて聞け。さような話を今のわれらが聞き入れると思うてか」

幹次郎は差し障りのないところを掻い摘んで話すと、甚吉が大きく頷きながら言った。

「そうじゃやな。岡藩の江戸藩邸勤番では、かような暮らしはできぬな」

甚吉は、茶碗に手を伸ばしてしばらく考え込んだ。そして、視線を幹次郎に向けた。

「幹やん、なんぞ奇妙に思うところがあるのだな」

「なぜ今ごろになってそれがしの復藩を持ちかける。いささかおかしいと思わぬか」

「おかしい。吉原での幹やんの武名は高いでな、岡藩でなにか汚れ仕事をさせるつもりかもしれぬな」

と得心した甚吉が、

「そうか、その子細を探れというのがおれへの頼みか」

「話はその場できっぱりと断わったがあとを引くことも考えられる。そこで甚吉の顔が浮かんだ」

「よし、内情を探ってみよう」

勢いよく請け合った甚吉が幹次郎の前に手を突き出した。

「なんだ、その手は」

「人が動けば銭がかかる」

「そなた、最前ただ飯を食らう前にわれらは身内同然とかなんとか言わなかったか」

「あれは言葉の綾だ」

幹次郎は財布から一分を抜き、

「それがしの頼みゆえどこからも金が出るところはない。これで我慢せよ」

「一分だと、それではいささか心許ない。話を訊く相手は少なくとも三人はおる。二分にしてくれぬか」

幹次郎は財布からもう一分を出し、二分を甚吉に差し出し、

「二分ならばなんとかなろう」

甚吉は幹次郎の手の二分を摑もうとした。幹次郎は手を引っ込め、

「日にちは本日一日だけだ。そなたも暮れの忙しいときに仕事をもう三日も休ん

である。あまり休むと本当にせっかくの職を失うことになるぞ」

「山口巴屋なれば大丈夫だ」

「なにが大丈夫なのだ」

「うん、玉藻様の秘密を握っておるでな」

「どういうことだ」

「幹やんに話すと玉藻様に伝わり、弱みでなくなるかもしれぬ」

「話せ。この二分はなしにしてもよいのか」

「その代わり、岡藩の内情は調べられぬぞ」

「よい。そのときはそのときのことで対処しよう」

くそっ
と甚吉が吐き捨て、

「玉藻様が男といるところを見た。ありゃ、年下の男だな」

と言い出した。

「玉藻様は独り身じゃ。吉原の引手茶屋と浅草門前町(もんぜんまち)の料理茶屋を切り盛りする女衆だ。それに整った顔立ちゆえ男のひとりや二人いても不思議はなかろう。それともなにか甚吉に感ずるところがあるのか。いや、待て。どこで玉藻様を見かけた」

「神田川に架かる柳橋の北側だ。あの辺は浅草下平右衛門町というて船宿やら水茶屋が軒を並べていよう。その一軒からふたりは出てきたような感じがする」

「なに、曖昧な話じゃな。お店の御用であの界隈を歩いていたということも考えられるではないか」

「幹やん、男と女だぞ。わけありの気配は直ぐに察しがつくわ」

「いつのことか」

「幹やん、えらく熱心じゃな、なんぞ心当たりがあるのではないか」

「余計な詮索をするでない。それよりいつのことだ」

「四日前かな。玉藻様がうちの料理茶屋に姿を見せた日でな、姉様と半刻（一時間）ほど打ち合わせをして吉原に戻った。その一刻（二時間）後におれは姉様の御用であの界隈の船宿に立ち寄ったと思え。その折り、見たのだ」

「男の様子をもそっと詳しく述べよ」

「色白の二十六、七のやさ男だ。身を持ち崩した感じの着流しでな、懐に匕首の一本も忍ばせている手合いだな」

「甚吉、玉藻様の帰る場所は承知だ。となれば男のあとを尾行したか」

「むっふっふ」

甚吉が奇妙な笑い声を漏らし、茶碗を手にして、

「吉原会所でただ飯を食ってきたわけではないか。察しがいいな」

「行き先を突き止めたのだな」

「それがさ、両国西広小路の雑踏の中に潜り込んでよ、見失ってしまった」

「しくじったのか。甚吉が尾行をしているのに気づかれたのではないか」

そうかもしれぬ、とあっさりと認めた甚吉が言い訳した。

「ありゃ、また逢引きするな。柳橋辺りに網を張って、次の機会には見逃さぬ」

幹次郎は二分を財布にしまった。

「なんだ、怒ったのか。軍資金なしでは岡藩の内情の調べはつかぬぞ、よいのか、幹やん」

幹次郎は二分を一両に変えた。

「ほれ、これで用を足せ。だがな、玉藻様の一件に関心を持つのはよせ。知らぬふりをして山口巴屋の男衆を続けるのだ、そうせねば仕事を失うことになりかねぬ。分かったか、甚吉」

幹次郎の険しい言葉を、じいっと聞いた甚吉が分かったと言って、一両を受け

取った。

甚吉が姿を消し、幹次郎はしばし囲炉裏端で考えごとをしていると、おあきが、

「会所のお方がお見えです」

と知らせに来た。

「おや、どなたかな」

と刀を手に玄関に向かった。玄関の格子戸越しに仙右衛門が門前に立っているのが見えた。

師走の日が差していたが寒い日だった。

(あと十日余りで今年も終わりか)

と思いながら足袋を穿いた足をきれいに揃えられた雪駄の上に乗せた。

黒介がみゃうみゃうと鳴きながら幹次郎を送り出し、

「行ってらっしゃいまし」

とおあきが声をかけてくれた。

「見知らぬ顔の者を門内に入れるのではないぞ」

留守を願った幹次郎は飛び石を踏んで門を出た。

「だんだんとこの家に住み慣れてこられましたな」

仙右衛門が言葉をかけ、

「おかげ様でなんとも居心地がよい暮らしをさせてもらっておる。目覚めたときなど、この暮らしは夢ではないかと思うことがある」

との幹次郎の言葉を聞いて笑った。

「なんぞござったか、番方」

「呉服町新道の島原屋喜左衛門が昨夜地引河岸で骸で見つかったそうです。廓内の話ではなし、放っておいてもいいのですがね、繁蔵さんとお縫の一件もございます。七代目に許しを得てどんな具合か覗いてみようと思ったんですよ」

ふたりして早足だ。

寺町の間を浅草寺の東側から広小路に歩きながら、幹次郎は並んで歩く仙右衛門の横顔を見た。

「賭場の借財が返せぬ揉めごとで始末されたのであろうか」

「それとも自ら命を絶ったか」

「殺しとは決まっていないのでござるか」

「大門前に屯する駕籠屋から仕入れた話でございますよ。まあ、普通に考えれば賭場の揉めごとがらみと考えたほうが得心がいく」

仙右衛門の返答に幹次郎は頷いた。

「神守様、今朝はゆっくりと家におられましたな。津島道場に朝稽古かと思いました」

風邪を引いて料理茶屋山口巴屋の勤めを休んでいた甚吉が折りよく顔を見せたので、岡藩の一件の調べを頼んだことを幹次郎は告げた。だが、玉藻のことはしばらく内緒にしておくことにした。

「そうでしたな、神守様には旧藩の話もございましたな」

「七代目や番方のおられる前ではっきりと断わったゆえなにごともないとは思うが、念のためでござる」

「いや、不安の種は小さいうちに潰しておいたほうがようございますよ」

と仙右衛門も言った。

「繁蔵さんとお縫は、喜左衛門の一件、承知ではございますまいな」

幹次郎は話柄を戻した。

「駒宮楼の御寮に籠っておりますゆえ、まず知りますまい。親子で静かに暮らしているようです」

「七代目の素早い決断があの親子を救いましたな」

ふたりは頷き合い、しばらくは吾妻橋前から浅草御蔵前通りをひたすら浅草橋へと向かって歩いた。

浅草橋で神田川を渡るとき、幹次郎は下流の柳橋を見て複雑な気持ちになった。師走のせいか、あれこれと重なって起こるものだと幹次郎は思った。


日本橋川は一見して外堀から大川へと流れ込む川と思える。だが、その源流は神田川から外堀が分岐する辺りだ。常盤橋付近で向きをやや東に転じて大川へ合流するが、川の長さは一里（約三・九キロ）よりわずかに長い。この短い日本橋川が果たす役割は大きい。さらにいえば日本橋川とは正式な名ではない。

江戸時代、

「一石橋より大川出口迄川筋」

と名もなき流れだったが、それではあまりにも曖昧である。

この流れに江戸で一番名高い橋、日本橋が架かっていたため、だれとはなく、

「日本橋川」

と呼ぶようになっていた。

幹次郎と仙右衛門は、浅草橋から馬喰町を抜け、小伝馬町、鉄砲町に入り、魚河岸にある大横町へと曲がった。

魚河岸は未だ仲買人、小料理屋や煮売り屋の主、料理人などで賑わっていた。

仙右衛門は魚河岸の南の外れ、江戸橋を前にした魚卸商の太田屋正兵衛方を承知らしく、

「兼さん、教えてくれねえか」

とねじり鉢巻きの男衆に声をかけた。

「おや、吉原会所のお歴々か、まさか馴染の女郎の文使いじゃやねえよな」

「兼さんの馴染は京二の」

「おい、その先はやめてくんな」

と慌てて兼さんが奥をちらりと見て止め、

「用事はなんだ」

と急いで話柄を変えた。

「こりゃ、すまねえ。奥におかみさんがいたのか」

と仙右衛門も謝り、

「呉服町新道の島原屋喜左衛門が殺されたって話を小耳に挟んだ。その話が真

なら骸が転がっていたのはどこか見物に来たんだ」

「師走に吉原会所は暇のようだな」

兼吉が独り合点しながら、日本橋川に沿った地引河岸を指すと、

「ほれ、漁り船の前に猫が屯していよう。あの少し右手に転がっていたんだよ」

「兼さん、見たのか」

「最初に見つけて叫んだのは、木更津から魚を運んできた漁師だがよ、直ぐに人が集まったうちのひとりがおれだ。もっとも骸の正体なんてだれも知らなかったがね。あとで呉服町新道の島原屋の旦那と知らされたんだ」

「殺しかね」

「ああ、間違いねえ。首筋から胸の辺りを何か所も刺されていた。あとで姿を見せた役人はよ、刺されたのはここじゃねえ、別の場所だと言っていたぜ」

「やはり始末されたか」

「会所がこの殺しに関わりがあるのか」

「うん、廓内に呉服屋の出店ったって、裏路地にひとりだけ番頭がいるだけの店だがね。ともかく島原屋の出店が吉原にあるんだよ」

「そりゃ、知らなかった」

と兼吉が答えたとき、

「神守幹次郎どのと番方のお出ましとはね」

という声がふたりの背にした。

二

振り返るまでもなく声の主は、南町奉行所定町廻り同心桑平市松だった。

「南町に手伝いに見えたか」

振り向いた幹次郎の顔を桑平が探るような目つきで見た。

「いささか吉原と呉服町新道の島原屋とは関わりがございましてな」

幹次郎は島原屋の出店が廓内にあることを告げた。

「島原屋が吉原に常勤の奉公人を出していたとは、それがし寡聞(かぶん)にして知らなんだ。吉原はなにかと廓の外にまで関わりがあるのじゃな」

桑平が感心したように言い、

「で、なんの用事ですね」

と尋ねた。

いた。

幹次郎は仙右衛門の顔を見た。すると番方が話したほうがよいという表情で頷いた。

「ご両者、こちらに」

地引河岸から魚河岸の喧騒を避けるように桑平は、荒布橋の袂にふたりを呼んだ。桑平に同道する小者もついてきたが、三人から間を取って従っている。

荒布橋は、魚河岸のある本船町から東の小船町の間にある西堀留川、別名伊勢町堀に架かる橋だ。江戸の初めからある橋で、魚河岸から照降町に渡る橋でもある。明暦の大火以前は、

「しあん橋」

と呼ばれ、二丁町の元吉原に渡るために利用されて、

「吉原に行こうか行くまいか」

と思案したのでこう呼ばれたとか。

だが、吉原が浅草寺裏に移った今、荒布橋と名が変えられた。その曰くは、橋詰で若布やアラメなど海藻を売る者がいたからだという。

名に違わず若布売りの女たちが何人も筵の上に若布を並べて商いしていた。

定町廻り同心の桑平は顔見知りらしく売り子たちが挨拶した。

橋の東側で桑平が立ち止まった。

「吉原会所が博奕に身を持ち崩した呉服屋の主の殺しに関心がある。なぜかな、神守どの」

桑平同心の口調はあくまで丁寧だ。

これまでいくつかの事件をいっしょに探索してきて、神守幹次郎の人柄を承知し、また、廓の外に関わる騒ぎの解決では定町廻り同心の顔を立てることを知っていたからだ。

「その前に桑平どの、念のためにお訊きして宜しいか」

幹次郎の反問に桑平が頷き、

「島原屋喜左衛門は、真に殺されたのでござるか」

「見せしめのためにか殴られたり蹴られたりして拷問を受けたあと、首から胸の辺りを何か所か刺されて殺されておる」

と答えた。

幹次郎は小さく頷いた。

「あちこちの賭場に多額の借財があったようだな。骸は橋向こうの地引河岸に捨てられていたが、殺されたのは別の場所であろう。今のところ喜左衛門がどこの賭場に出入りしていたのか、事情が摑めておらぬ。なにしろ島原屋に残った奉公人は、臨時雇いの手代や小僧ばかりで、なにも知らぬのだ」

「家の者はどうです」

「妻女は芝の同業から嫁に来ておったが、とっくに愛想を尽かして子どもふたりを連れて実家に戻っておる。こちらも旦那がどこの賭場に出入りしていたか全く知らぬというのだ」

桑平同心はこう説明すると幹次郎らの顔色を見た。だが、ふたりは無言を通した。

「呉服町新道の店は大番頭の美蔵がなんとか切り盛りしていたようだが、そやつの姿が見えんでな、どうにもこうにも困っておる。こういうときは現場百回という探索の初歩を思い出し、こちらに渡ってきたところ、吉原会所から助け舟が来たというわけだ」

桑平が渡ってきたということは、対岸の南茅場町の大番屋に島原屋喜左衛門の亡骸はあるのであろう。

「助け舟になるかどうか」

「話を聞こう」

「吉原に島原屋が出店を持っておるのは、七代目の話では先代以来だそうでござる。ただ今の吉原も決して景気がよいとは言えぬが、こと島原屋に関しては吉原の売り上げが頼りであったようですね。この出店の番頭の繁蔵が心臓の病を患い、柴田相庵先生の余命わずかとの見立てで、京に奉公に出ておる娘のお縫が江戸に呼び戻されたのです。娘が廓内に住んでいたことをわれらは知りませんでした。島原屋の大番頭が面番所に話を直に持っていったからです。島原屋では、主が繁蔵の娘を遊女に売ろうとした形跡もある」

「面番所で女を通したのは、隠密廻りの村崎か」

と桑平が訊いた。

幹次郎が首肯した。

「島原屋から村崎め、賂を受け取ったな」

桑平が漏らしたが、ふたりはなにも聞こえないふりをして、幹次郎が話をさらに進めた。

「その娘のお縫が四日前、廓内で襲われたのです」

幹次郎が事情を掻い摘んで説明した。

「島原屋は吉原の出店頼み、病の繁蔵を辞めさせて娘を吉原に売ろうとまで考えたか。そいつに村崎が一枚噛んでおるとはな、嘆かわしい。襲われたというのはこの島原屋の線かな」

「未だわれら、絞り込めておりませぬ。何かあると訝しんでいたところへこたびの島原屋の主が殺されたという話が飛び込んできた」

「それでご両者が廓の外にお出ましになったということか」

と得心した顔の桑平に、

「ご迷惑はかけ申さぬ」

と幹次郎がこれ以上関わりは持たぬと約した。

「それはならぬぞ。それがしにとって神守どのは救いの神、大明神のように崇めておるでな」

と応じた桑平が尋ねた。

「神守どの、吉原に参れば島原屋の出店の親子に会えるかな」

「それが、もはや繁蔵とお縫親子は吉原からいなくなっており申す。一昨日大番頭の美蔵が吉原に訪ねてきて店の中を調べていったばかりでござる」

「なにっ、消息を断つ前の大番頭が吉原を訪ねたとな」

桑平同心がしばし沈思黙考した。

「吉原出店の繁蔵と病見舞いに京から戻ってきた娘がいなくなり、訪ねてきた大番頭まで姿を消した。そして、旦那の喜左衛門が江戸のど真ん中に骸で転がされていたということか」

桑平同心が整理した考えに幹次郎が曖昧に頷いた。

「どうやら神守どのはそれがしに話してないことをお持ちのようだ。この際だ、腹を割ってくれぬか」

「桑平どの、娘がまた襲われるのを避けるために病の繁蔵とお縫をさるところに逃れさせたのはわれらでござる」

「そうこなければ話がおかしい。どこにおるのだ」

「桑平どの、死期が迫った親と子を静かに暮らさせたいと会所では思ったのです。むろん桑平どのが会うのを止めることはできませんが、白洲（しらす）などに引き出す真似はやめてくれませぬか」

「話次第じゃな。だが、神守どのとそれがしの間柄、それなりに配慮は致す。どこに隠されたな」

と桑平がさらに質した。

「橋場町の御寮に」

「奉行所の船を待たせておる。そなたらは猪牙かな」

「いえ、徒歩にござる」

「御用船に乗船なされ、話していけよう」

桑平がふたりを南町奉行所の御用船に誘った。

仙右衛門はひと言も口を挟まない。

桑平同心と幹次郎の間には短い付き合いながら確固とした信頼関係が出来上がっていると承知していたからだ。

船頭の近くに小者が乗り、胴の間に三人が向き合って座った。

「神守どの、大番頭がどこにおるかご存じないか」

船が日本橋川の流れに乗ったとき、桑平が尋ねた。

「そちらは知りませぬ」

「たしかじゃな」

「念には及びません。ですが、美蔵は吉原の出店に繁蔵が残した証文やら書付やらを見て、もはや島原屋が立ち行かぬことを悟ったと思います。ゆえに出店にあった品物を風呂敷に包み、売掛金二十一両一分を懐に入れて大門を出た」

「逃げたと言われるか」

「殺された喜左衛門は大番頭以下の給金の大半を預かっておりましたが、それらもすべて博奕に注ぎ込んでおるとわれらは推量しています。そのことを大番頭は察していたはず」

「となれば逃げたな」

「その前に売掛けのあるところから何がしかでも回収していったはず。むろんこれらのことが当たっておるかどうかは存じませぬ」

「そなたらの勘を信用しよう」

と桑平が言った。

「桑平様、わっしらは、大番頭の美蔵が当然呉服町新道のお店に戻ったとばかり思っておりましたよ」

「番方までぬけぬけと言いおるわ」

お互いが虚言と承知で渡り合っていた。

南町奉行所の御用船は、日本橋川から霊岸島新堀には向かわず崩橋へと曲がって、蠣殻町と箱崎町の間を抜けて大川へと出た。

その間、桑平は腕組みして沈思していたが、

「お縫なる娘がふたたび襲われぬように廓の外に親父ともども出したと言うが、

繁蔵もお店の金子に手をつけたということではないか」

と幹次郎に質した。

「いささか事情は違いますな」

「吉原会所は、咎人を廓の外に匿ったということではないと申されるか」

「繁蔵も三十年余働いた給金を喜左衛門に預けておりました。ですが、賭場狂いの主が素直に渡してくれるとは思えない。そればかりか病を曰くにお店から追い出しにかかった」

「事情は分かるが、お店の金子に無断で手をつければ差し障りがあることくらいそなたらも承知であろう」

「ゆえに出店にあった回収金の半金二十一両一分をこれまでの給金代わりに頂戴するとの一文を残して廓の外に出たのでございますよ」

と幹次郎が言い、

「桑平様、各楼から島原屋の売掛金を七掛けにする条件で急ぎ回収したのは、神守様とわっしにございます。ゆえにわっしらにも咎はないことはない」

「おぬしら、えらく平然としておるな。それがし、南町奉行所の」

「定町廻り同心どの、それも敏腕のな」

と幹次郎が返した。

「繁蔵が病にかからなかったら、売掛金は元のままにございましょうな。また神守様とわっしが繁蔵の代役で取り立て方を務めなければ四十二両二分は、出店には入りませんでしたな。よしんば繁蔵がまっ正直に呉服町新道の本店に四十二両二分を届けていたとしたら、どうなりましたな、桑平様」

「島原屋喜左衛門は殺されずに済んだかもしれぬ」

という桑平の語調に迷いがあった。己の主張を信じ切っていない感じだった。

「賭場の借財は四十余両で済む話ではございますまい。四十余両はあっという間にどこぞに消えておりましたよ」

仙右衛門が言い切った。

「わっしらは、大番頭を唆したわけじゃない。繁蔵が残した証文やら書付を前にして、どう考えたかなんて察しがつきませんや」

「だが、そなたら、繁蔵に手を貸しておるな」

「限られた余命を親子で静かに暮らしていくためにこれまでの給金の一部を借りたのでございますよ」

「だがな、仙右衛門」

と言いかけた桑平に、

「桑平どの、お縫が襲われた一件は、未だ咎人が捕まっておりませぬ。もしや島原屋の騒ぎに関わりがあるとなると、面番所が若い娘を廓内に入れた、それを会所に知らせずにいたことが問題となると、探索の展開次第では面番所にも差し障りがあることになりませぬか」

幹次郎の言葉に桑平が困った顔をした。

「そこでお願いでござる」

「なんだな」

「繁蔵が売掛金からこれまでの給金として充当したことを黙認してくださいませぬか。それができぬとあれば、われらも殺された島原屋がなぜお縫を面番所に紹介し、廓内の出店に住まわせたかの真実をとことん追求することになります」

「神守どの、それがしを脅しておいでか」

「滅相もない。これまで分かっておることで一番大事な一件は、島原屋喜左衛門の殺し、ついで大番頭の美蔵の売掛金、品物の持ち逃げ騒ぎでござろう。宜しいか、繁蔵は出店の売掛け台帳も売掛金も、自らがこれまでの給金の代わりに頂戴したという証文もすべて、大番頭の美蔵に吉原会所が代わって渡してござる。その上繁蔵は病の身、そのような所業をせざるを得なかったのには酌量の余地がござろう。大番頭美蔵の一件の判断はそちらにお任せ申す」

「番方も神守どののもなんぞ画策しておるな」

「さようなことはございませんぞ」

と幹次郎が即座に応じた。しばし幹次郎の顔色を窺った桑平が、

「くそっ、村崎季光めが、こちらを苦境に追い込みおって、あやつは許せぬ」

と桑平が罵り、続けて幹次郎が言った。

「あのお方はお方で使い道がこれからもないことはない。こたびの一件に深く関わっておられるのなれば、桑平どのの胸にしまい込んで、後々その一件を思い出させればよきことです」

「吉原の同じ同心でも裏と表ではえらい出来の違いかな」

と桑平が嘆息した。

「桑平どの、ようございますな。繁蔵とお縫親子のことは桑平どのの一存にて始末してくだされ」

「大事は島原屋喜左衛門の殺しの一件というわけか」

「まあそういうことです」

「そなたの手を借りることになるかもしれぬぞ」

「致し方ございますまい」

幹次郎が言ったとき、御用船は山谷堀に近づいていた。

「船頭どの、橋場町の船着場に着けてくだされ」

と幹次郎が願った。


橋場町の駒宮楼御寮に隠れ住んでいた繁蔵と縫親子は、幹次郎と仙右衛門が連れてきた南町定町廻り同心桑平市松を見て口も利けない様子だった。

「繁蔵さん、お縫、案ずるでない。この桑平同心どのは物の道理をとくと心得た御仁だ。まずな、繁蔵さん、そなたに島原屋喜左衛門について訊きたいと申されるで、お連れしたまでだ。素直に答えてくれぬか」

幹次郎が繁蔵を安心させようと柔らかい口調で言った。

「旦那様は賭場で捕まりなさりましたか」

「そうではない」

「ではどういうことで、旦那様のことをお調べですか」

「喜左衛門の骸が魚河岸隣の地引河岸で見つかったのだ」

と桑平が答えた。

「えっ、まさか旦那様が身投げかなにかを」

「そうではない。刺し殺されて亡骸が放置されておったのだ」

「ああ」

繁蔵が嘆きの声を上げた。

「いつかはこのようなことになるかと思うておりました」

「繁蔵さん、そなた、旦那が出入りしていた賭場を一軒でもよい、知らぬか」

幹次郎が尋ねた。

「それは大番頭の美蔵さんが承知です」

繁蔵の返答に桑平が幹次郎を見た。この場は幹次郎に任せたほうがよいと判断したようだ。

「とくと聞いてくれぬか」

幹次郎は繁蔵が吉原を出たあとに起こった出来事を伝えた。

茫然と話を聞いていた繁蔵の息が弾んできて、顔が真っ白になった。

「お父つぁん、少し横にならせてもらったら」

縫が幹次郎を縋るような目で見た。

「お縫、待ってくれ。会所とお役人に話すことがある。旦那を殺した賭場があるとしたら、ひとつしかない」

「ほう、なぜ承知か」

と桑平が質した。

「一度だけ旦那が吉原の出店に侍を連れてきて、有り金を掻っ攫っていったことがある。十一両ほどでしたがね」

「賭場の用心棒を連れて出店に来たのだな。して、その用心棒が仕える賭場はどこだ」

桑平市松が真っ白な顔の繁蔵を見た。

三

新堀川三之橋を土地では肥後殿橋と呼ぶ。近くに陸奥会津藩松平肥後守の下屋敷があるからだ。

三之橋の上流の右岸には寄合三千石有馬右京太夫の下屋敷があって、夜になると人の出入りが絶えない。

毎晩のように賭場が開かれていたからだ。

有馬右京太夫は十数年前まで御先番衆であった。だが、失態があって無役の寄合へと落とされた。

その数年後のことだ。

猟官のための資金を得ようと品川宿の渡世人大木戸の六造に下屋敷で賭場を開くことを許し、上がりの一部を懐に入れていた。

それがいつしか「本業」になったとか。飯倉にある拝領屋敷に身内を住まわせ、自らは若い妾の稲といっしょに三之橋の下屋敷に住んで、胴元の大木戸の六造の後見役を自認して、自堕落な暮らしを続けていた。

島原屋の吉原出店の繁蔵は、主の喜左衛門が連れてきた用心棒侍が大木戸の六造に関わりがあることを察していた。喜左衛門が掻き集めた十一両を渡すと、用心棒侍に同行してきた代貸の屋根屋の菊三郎が、

「大木戸の親分がこれっぽっちで許すとは思えねえ。島原屋、肚を括って店を叩き売りねえな。そうじゃなきゃ、おめえの死体が芝浜に浮くことになるぜ」

と凄み、繁蔵に、

「てめえもこの場で見聞きしたことは忘れるんだ。そうしねえと命を失うことに

なるぜ」

と釘を刺した。

だが、繁蔵は病が体に取りついていて、死ぬの生きるのという脅しは効かないことを菊三郎は知らなかった。

繁蔵からこのことを聞き知った南町奉行所定町廻り同心の桑平市松は、上役の内与力本村亥八の許しを得て、三之橋の有馬右京太夫の下屋敷を探ることにして、島原屋喜左衛門を始末したのが、大木戸の六造の命を受けた用心棒であったことが確かめられた。

というのも呉服町新道の島原屋の店を大木戸の六造が沽券を見せびらかして売ろうとしている事実があったからだ。

さらに吉原の島原屋出店に来た用心棒侍が二天一流の遣い手南部豪之丞頼義という剣術の腕を売り物にしている人物であり、この南部の下に三、四人の剣術自慢がいて、大木戸の六造の賭場の揉めごと一切を取り仕切っているということも分かった。

桑平市松はそこまで調べ上げ、上役の本村亥八に上げると、本村は南町奉行池田筑後守長恵に報告した。南町奉行の池田長恵は、旗本御家人を監督する御目付と合議の上、年内に有馬の下屋敷で催される大木戸の六造の賭場に踏み込んで、大木戸の六造を賭場運営の常習として捕まえることを許した。

下屋敷をやくざ者に貸していた有馬右京太夫は御目付に引き渡されることが南町奉行との間で話し合われていた。

その上で桑平市松が吉原会所に神守幹次郎を訪ね、四郎兵衛同席の場で幹次郎の手助けを求めた。

四郎兵衛は、

「こたびの一件、吉原の出店が関わってございます。神守様さえご承諾なれば、会所に異論はございません」

と応じたために踏み込む夜、幹次郎と仙右衛門が賭場に同行することが決まった。

ふたりにしても繁蔵と縫のことはこれ以上咎めないと桑平が言葉を添えたので、同道を決めた。その上で、

「とは申せ、南町奉行所にも御目付衆にも腕利きがおられましょう。われらふたりの助勢がどれほど役に立つか」

「いや、役人で腕利きなど会ったためしがないわ。その点、神守どのは数多の修

羅場を潜り抜けておる。なんとしても南部豪之丞は神守どのが引き受けてくれぬか。奉行所と御目付には雑魚のほうを引き受けてもらいますでな」

と言い放った桑平を幹次郎は大門前まで見送りに出た。

「娘を襲った野郎、未だ絞り込めませぬか」

と別れ際に桑平が言った。

「なにしろはっきりと目撃した者がいませんゆえ、摑めていません。こちらもなんとか年の内に事を終わらせたいのですがな」

と幹次郎が言い、頷いた桑平が、ちらりと障子が閉じられた面番所に視線を向け、

「明晩」

と言い残して五十間道を帰っていった。すると面番所の障子が少し開いて、村崎季光が、おいでおいでをして幹次郎を呼んだ。

「なんでござろうか」

「うちの定町廻り同心がなんで会所を訪ねてきた。やつが吉原に用事があればこの面番所を通すのが筋であろう」

「筋がどのようなものか、豊後国岡藩の下士であったそれがしには皆目分かりま

せん」

「なんの用だ」

「呉服町新道の島原屋喜左衛門が殺されたことはご承知ですな」

「知っておる。揚屋町裏の出店もいつの間にか引き払われておるな。あの娘もどこに行ったのかのう」

「それそれ、村崎どのが勝手に廓内に入れるのを許したこともあって、桑平どのが見えられたのですぞ。そなた、死んだ島原屋喜左衛門からなんぞ頼まれごとをされたのではございませぬか」

幹次郎が村崎同心を睨んだ。

「いや、さようなことは決して断じてないぞ」

村崎は顔の前で手をひらひらさせた。

幹次郎がカマをかけるとあっさりと村崎が乗ってきた。幹次郎はさらに追及した。

「いや、お縫をどこぞの楼に売るように口利きせよと島原屋の主に頼まれたのではございませぬか。大番頭の美蔵がそう申しておりましたがな、村崎どのがなにがしかの金子を頂戴したとか」

「と、とんでもないぞ、言いがかりじゃ。約定は縫の身売りの額の一割五分じゃが、手付けなど未だ一文ももらっておらぬ」

と村崎季光が必死の形相で否定した。

「喜左衛門から一文たりとももろうてなくてようございましたな。そなたの同輩や御目付衆が喜左衛門殺しを必死で追っておる最中です。どんなとばっちりが降りかかるか分かりませんぞ」

「わ、わしは喜左衛門を殺した覚えはない、断じてない」

「そうでござるか、お仲間はどう判断なさりますかな」

「わしは知らぬ。そなたはわしの清廉潔白をよう承知であろう」

「清廉潔白な御仁が他人の娘の身売りの口利きをしますかな。言動にはくれぐれも気をつけられることです」

と幹次郎は言うと、くるり、と村崎に背を向けた。

「おい、裏同心どの、そなたはわしを信じてくれような」

と声が追いかけてきたが、幹次郎は背を向けたまま片手をひらひらさせただけだった。

会所に入ると長吉が、

「奥で七代目がお待ちですぜ」

「おお、そうか。村崎どのに呼び止められてな」

「あれだけ脅しておけば村崎同心め、しばらくは大人しくしておりましょうな」

「小頭、脅したなどと人聞きが悪い」

と幹次郎は言い残し、奥座敷に行くと仙右衛門がいた。

「島原屋は結局店を潰し、自らは殺されましたか。すべて博奕のせいですな」

「七代目、何十年と勤めた奉公人の金子にも手をつけたのです。当人は致し方ございますまいが、何年も何十年もただ働きさせられた奉公人は泣くに泣けませんな」

「神守様、島原屋の沽券は売れたのでございますか」

「賭場の借財の代わりに脅し取られたようですが、まだ売れてはおりますまい。大木戸の六造の手になんとか沽券があるとよいのですが」

「そいつを取り戻せれば、家の者や奉公人になにがしかの金子が渡せるのではございませんか。まあ、明晩の神守様と番方の働きぶりによっては、南町奉行の池田様と話し合うこともできましょうな」

四郎兵衛が思案しながら言った。

その夜、仙右衛門と幹次郎は船宿牡丹屋の猪牙舟を新堀川三之橋の少し上流につけて、有馬右京太夫の下屋敷の出入りを見ていた。

船頭は政吉で、猪牙舟にはしっかりとした造りの苫屋根がつけられ、師走の夜の寒さを防いでいた。

賭場は聞いた通りなかなか盛況と見えて、それなりに客が出入りしている。だが、夜半九つ（午前零時）を過ぎて峠を越えたようで、門前で大木戸の六造の子分ふたりが手持ち無沙汰に煙草を吸う姿が見えた。

さらに夜が更けて九つ半（午前一時）が過ぎたころ、ぱたりと客足が止まった。一方、有馬屋敷の賭場は熱を帯びていると見えて、賭場特有の緊張と弛緩の繰り返しの空気が外にも伝わってきた。

声は外に漏れてこないが、近隣の武家屋敷の者たちが知らないはずはない。おそらくそれなりのものが有馬家から渡っているのだろう。

不意に門前にひとつの人影が現われた。

「代貸」

門前に立つふたりの体に緊張が走った。

「てめえら、煙草なんぞ吸ってやがったか」

代貸の屋根屋の菊三郎の押し殺した声が夜空に響いて幹次郎らの元に伝わってきた。

「とんでもねえ、おれたち、煙草なんぞこれっぽっちも吸ってませんぜ」

「じゃあ、この煙の匂いはなんだ」

「最後に入った客が吸っていたものだ。なあ、兄弟」

子分がもうひとりの仲間に同意を求めた。

「代貸、その通りだ。わっしら、煙草なんて吸ってねえ」

しばらく屋根屋の菊三郎がふたりを見ていたが、

「今晩は見逃してやろう。こいつを猪牙に運べ」

と布袋を渡した。

「お、重いや」

門前に立つ子分のひとりは菊三郎が片手に提げてきた袋を両手で重そうに受け取り、岸辺に繋いだ猪牙舟に運んでいった。

今晩の賭場銭の上がりを大木戸の六造の家に先に運ぶのだろう。丈夫そうな布の中には、五、六百両は入っていると推量された。

「代貸、おれが猪牙を漕ぐのを手伝おうか」

「てめえは言われた役目をきっちりとこなしねえ」

と答えた菊三郎は自ら櫓を漕ぐようで、子分が舫い綱を解く猪牙舟に飛び乗った。そして、下流に向かって流れに乗っていった。その姿を見送っていた子分が有馬屋敷の門に戻った。

幹次郎が仙右衛門を見た。阿吽の呼吸で幹次郎の意を悟った番方が、

「父つぁん、猪牙を追ってくんな」

と政吉に願った。

「あいよ」

政吉も心得たもので、苫屋根を設えた猪牙舟を流れに乗せた。

三之橋から新堀川をほぼ北に向かい、この界隈で間部殿橋と呼ばれる二之橋を潜り、次の一之橋で東へ、江戸の内海へと向かう。

政吉船頭は一之橋の手前で菊三郎が手慣れた様子で漕ぐ猪牙舟に追いついた。

この界隈は河原が広く、土手の左右は大名家の下屋敷で深い眠りに落ちていた。

政吉は音もなく菊三郎の猪牙舟の横に並びかけようとした。

ぎくり

とした菊三郎が両手を軽くかけていた櫓から片手を離し、懐の匕首を摑んだ。

「お晩です」

政吉が新堀川界隈の百姓の体で声をかけた。

「なんだ、こんな夜中に」

「お互い様だね」

「てめえは広尾原辺りの百姓か」

「へえ、そんなところで。急ぐので先に行かせてもらいますよ」

政吉が菊三郎の猪牙舟を追い抜きにかかり、苫屋根から出た幹次郎が低い姿勢で、ひょいと並行した舟に飛び移り、菊三郎が慌てて政吉から幹次郎に視線を向けたとき、手にしていた刀の柄頭が菊三郎の鳩尾に突っ込まれた。

「うっ」

呻き声を上げた菊三郎が前のめりに崩れ落ち、ふたたび猪牙舟が揺れて、仙右衛門も乗り移って、櫓を握った。

「ほれよ」

政吉が足元にあった縄を幹次郎に投げた。幹次郎は投げられた縄を使うと、気を失った菊三郎の手足を固く縛り上げ、菊三郎の懐にあった手拭いをその口に噛ませた。

「父つぁん、横着けするぜ」

仙右衛門と政吉の舟が舟べりを接したところで、幹次郎が菊三郎の縛められた体を苫舟に移し替えた。ついでに仙右衛門が丈夫な藍色の袋に入った賭場の上がりを苫舟に投げ込み、櫓に手を戻した。

政吉の舟が先に立ち、仙右衛門の猪牙舟があとから従い、二艘は東海道に架かる金杉橋の船着場でいったん泊まった。

仙右衛門は菊三郎の猪牙舟を船着場の杭にいい加減に舫い、政吉船頭の苫舟に乗り移ってきた。

番方は大木戸の六造の腹心の代貸、屋根屋の菊三郎が賭場の上がりを持ち逃げした体を装ったのだ。こんな安直な仕掛けに六造が引っかかるとも思えないが、六造に疑心暗鬼を生じさせればよい程度の仕掛けだった。

政吉船頭を含めて四人の男を乗せた猪牙舟は、湊町の先で陸奥二本松藩の蔵屋敷を回り込んで江戸の内海に出た。

「番方よ、約束通り佃島でいいんだな」

「父つぁん、その通りだ。住吉社の空き蔵を一晩借り受けてあらあ。こやつをそこへ運び込むぜ」

仙右衛門が答え、

「番方、政吉さんばかりに仕事をさせてこちらはいささか退屈じゃ。海の上でこやつが叫ぼうとどうしようと、だれにも聞こえまい」

と言った幹次郎が苫の間から手を差し伸べて海水に手を濡らし、

「おお、海の水のほうが夜風より温かいな」

と言いながら、菊三郎の顔をぴちゃぴちゃと濡らした。すると手拭いを口に突っ込まれた菊三郎が意識を取り戻したようで、体を動かした。

幹次郎が手拭いを取ると、

「どんな気持ちだな、親分の賭場の上がりに手をつけるなんてよくない考えじゃぞ」

「ば、馬鹿抜かせ。だれが親分の金に手をつけたよ」

「屋根屋の菊三郎、おめえだ」

仙右衛門は菊三郎に見えるように顔を持っていった。

「てめえは吉原会所の番方か」

「よう承知だな」

「おりゃ、おめえらに用事はねえ」

「菊三郎、こっちにはあるんだよ」

「こっちにはねえと言ったぞ、縄を解け」

菊三郎が強がりを言った。

「父つぁん、古網に石を包んできたな」

「ああ、舳先に積んであらあ。まあ、人ひとりの体が海の底に沈むくらいの重さだが、二、三日はもつよ」

「人が水ん中で生きていられるのは半日か」

「番方、冗談はなしだ。海女でもなければ精々百を数えるくらい生きていられるだけだぜ」

「ふーん、そんなものか。手足を縛られて石を抱かされ、海に投げ込まれるのは苦しかろうな」

「番方よ、わしはまだそんな経験はねえよ」

仙右衛門と政吉の問答はあくまで長閑だった。

「くそっ、おれを脅しているのか」

「そう思えるか、屋根屋の菊三郎よ」

「本気というのか」

「ああ、てめえらが島原屋の喜左衛門を賭場で適当に弄(いじ)ってよ、呉服町新道の店を乗っ取ろうとしていることも、沽券を手に入れて喜左衛門を殺したこともこっちは承知なんだよ」

仙右衛門が想像を交えて菊三郎に言った。

「番方、てめえらが大手を振っていられるのは廓内だけだ。廓の外で無法を働くとはどんな料簡(りょうけん)だ」

仙右衛門が縛られた菊三郎の懐から匕首を出すと抜いた。その刃でぴたぴたと菊三郎の頬を叩き、

「島原屋の出店が廓内にあることはてめえ、とくと承知だな。番頭の繁蔵の前に喜左衛門を連れていって十一両ほどを掻っ攫ってきたもんな。廓内で会所(うち)の面目(めんもく)を潰したのはそっちが先だぜ」

「あいつがうちの賭場にいくら借財があるか承知か」

「だからって会所に挨拶もなく殺すこともあるめえ」

と答えた番方が、

「神守様、こやつの使い道は海の底でようございますな」

と幹次郎に相談するように話しかけた。

「頃合いだ、潮の流れもちょうどいい。師走の海だ、だいぶ冷たかろうな」

と言いながら幹次郎が最前外した手拭いを菊三郎の口に突っ込もうとした。

「ま、待て」

と菊三郎が悲鳴を上げた。

四

六つ半（午前七時）の頃合い、幹次郎は引手茶屋山口巴屋の湯に浸かっていた。

もはや歓楽の地で一夜を明かした客は、引手茶屋で精算を済ませ、大門の外にある駕籠に乗ってお店などへ戻っていた。

「ほう、大木戸の六造の腹心が喋りましたか」

四郎兵衛が幹次郎に話しかけた。

佃島の住吉社の、この数年使われていない御輿蔵に菊三郎を連れ込み、仙右衛門と幹次郎のふたりで責めた。

その結果、半刻もたずに菊三郎は問われることをすべて話した。それから幹次郎と仙右衛門は二手に分かれた。

仙右衛門は、住吉社の御輿蔵に残り、幹次郎は政吉船頭の舟で吉原に戻った。そして、会所では直ぐに住吉社に若い衆を出張(でば)らせ、番方と交代させることにした。そして、四郎兵衛に報告をと向かうと七代目は朝湯に入っており、幹次郎は湯に誘われたのだ。そこでまず大木戸の六造の代貸、屋根屋の菊三郎を捕まえて、喋らせたことを告げたところだ。

「島原屋喜左衛門の博奕下手は賭場では有名であったようで、熱くなると見境がなくなり、六造は喜左衛門の願いのままに金を貸し、喜左衛門は見境なしに借用証文を書いたようです。菊三郎が言う言葉を信じれば、千両を越える借金があったそうな。ゆえに吉原出店で掻き集めた十一両なんて利息にもならないと言うておりました」

「呑む打つ買うを男の三道楽といいますがな、打つ、つまりは博奕に嵌(はま)るのが一番厄介でございますよ。で、呉服町新道の沽券はすでに六造の手に渡っておりましたか」

「大木戸の六造はすでにだれぞに売り渡したようでございます。その相手がだれか菊三郎は知らぬと言うております」

「何代か続いた呉服屋が潰れましたな」

四郎兵衛が呟き、さらに言い足した。

「まあ、他人様の生き死にをかように言うては酷いことでございますが、喜左衛門は死ぬのが遅かった。身内にも奉公人にも迷惑のかけ放題でございましたゆえな」

幹次郎は賭場の上がり金六百五十両を菊三郎の身柄といっしょに押さえてあることを告げた。

「ほうほう、六百五十両な。どうしたものでしょうかな」

「七代目、菊三郎には喋る代わり、命を助けると請け合っておるのですがな、どうしたもので」

「となると、南町奉行所に菊三郎の身柄といっしょに差し出すことになりますか」

「悪人とは申せ、約定は約定です」

「まあ、この一件は急ぐこともない。私どもの手許に菊三郎と賭場の上がり金をしばらく置いといてもようございましょう」

「勝負は今夜です」

「というわけです。喜左衛門を手に掛けたのは南部某でしたな」

「はい」

「こやつは神守様が始末するしかございませんか。ただ今のご時世の御目付や町奉行所同心にそれだけの腕利きはおりませんでな」

「桑平市松どのにも頼まれております」

「ならば湯を上がられたら、いったん家に戻り今晩に備えて仮眠をなさいまし」

四郎兵衛が言った。

「七代目、菊三郎が話したことで興味深いことがもうひとつございます」

幹次郎の言葉に四郎兵衛が乗り出した。

「うむ、なんでございましょうな」

「島原屋が吉原に出店を持っておるのを、大木戸の六造がなぜ承知であったかという一事です」

蜘蛛道に吉原出店を置いているなど、世間はふつう知らなかった。

「島原屋喜左衛門が厳しい取り立てに、つい苦し紛れに喋ったからではございませぬか」

「いいえ、有馬屋敷で毎晩のように開かれる賭場に時折り、吉原の妓楼の主が遊びに来ておるのです。その者の口を通して島原屋の出店が吉原にあることを大木戸の六造は知り、喜左衛門を引き立てて、屋根屋の菊三郎と南部豪之丞が揚屋町裏に姿を見せたのでございますよ」

「ほう、その妓楼の主とはだれでございますな」

「江戸二の相模屋伸之助の旦那です」

「ほうほう、これはこれは。有馬屋敷も大木戸の六造も今やうちにはどうでもよきこと。ですが、せっかく神守様がお働きになるのです、なんぞうちにも得がないかと思うておりましたが、ただ今の多過ぎる紋日に拘る江戸二の相模屋が博奕好きとはな」

四郎兵衛は愁眉を急に開いたような表情を見せた。

「使い道がございますかな」

「やり方次第では大いに使えます。今晩、手入れの折りに相模屋が賭場におれば文句なしですがな」

四郎兵衛が言った。

しばし思案した幹次郎が、

「吉原の遊女衆の真似を致しますか。ただ今住吉社の御輿蔵における代貸の屋根屋菊三郎に、今晩は格別な賭場が立つといった誘い文を書かせてはいかがですか。ひょっとしたら釣り出されるかもしれませぬ」

「やってみる価値はありますな」

即答した四郎兵衛が、

「神守様、あとは私どもにお任せあれ。柘榴の家にお戻りになり、しばし休息をお取りください」

と幹次郎に言った。

幹次郎は縫を襲った男の一件に全く進展がないことを気にかけたが、まず今晩南町の桑平市松に手を貸すのに集中することにした。


湯上がりの幹次郎が柘榴の家に戻るとおあきが玄関を開けたところだった。

この家に居ついていた黒介はその折りの習わしか、庭の端っこでしか小便をしなかった。そこでおあきの仕事は、朝玄関の心張り棒を外して黒介を庭に出すことだった。

黒介が飛び出してきて、玄関前に立ち止まり門外を見て、みゃうみゃうと鳴いた。それの視線を追ったおあきが、

「旦那様、お帰りでしたか」

と門を開けに来た。

「寒いな、おあき」

と幹次郎が言い、

「ご苦労様にございました」

とおあきが応じた。

おあきもこの家の主夫婦が吉原会所の陰働きをしていることをもはや承知しており、朝帰りが遊びではなく仕事であることを察していた。

「黒介、そなたは猫か犬か分からぬような生き物じゃな。主の朝帰りにいち早く気づいたな」

飛び石にいる黒介の喉を手で触ると、ごろごろと喉を鳴らした黒介が柘榴の木の向こうの塀際にのっそりと歩いていった。

「姉様、ただ今戻った」

幹次郎は玄関に控えていた汀女に声をかけ、腰から佐伯則重と脇差を抜いて渡した。

「おや」

と汀女が言い、

「四郎兵衛様と朝湯に入られましたか」

「そういうことだ。新堀川の三之橋の少し上流につけた猪牙舟で番方と一夜を過ごしたでな、体が冷え切った。政吉さんが気を利かせて苫屋根を葺いてくれた舟だが、さすがに師走の夜風は冷たかった」

「それはなんとも難儀なことで。なんぞ徹宵した収穫はございましたか」

「大物が釣れるかどうか、今晩の天気次第かのう」

賭場は雨や雪が降れば客足が落ちる。吉原と同じことだ。

「いえ、この天気は大晦日まで続きますよ」

「ならば大物が釣れるかもしれぬ」

「廓の外まで幹どのと番方は出張られますか」

「捕物の主役は町奉行所と御目付じゃ。それがしと番方は見届け人でな」

「桑平様に頼まれましたな。それで済みますかどうか」

と汀女が笑った。

「朝餉を食して休まれますか」

「いや、このまま寝床に就く。朝餉は起きたときでよい」

幹次郎は夫婦の居間に行き、畳みかけの寝床を見た。

「寝間着に着替えなされ」

大小を刀掛けに戻した汀女が幹次郎の羽織の紐を解き、脱がせた。

幹次郎は、小袖の懐から財布、懐紙を取り出し、薄墨の紅のついた手拭いがあったことに気づき、

「三浦屋から煤払いの手拭いを会所全員に頂戴した」

と渡した。懐中物を受け取った汀女が、

「麻様からの手拭いですね」

と言い当てた。

「よう分かるな」

汀女が忍び笑いをした。

「それがしのだけ、格別に紙に包まれ名前が記されてあった」

「そのほうが幹どのは大事になさると思われたのでしょう」

汀女の言葉に幹次郎はなにも答えることができなかった。話柄を転じる意識はなかったが、幹次郎の口を思わぬ言葉がついていた。

「姉様、玉藻様に好きな男がおられるかどうか承知か」

「おや、なぜさようなことを尋ねられますな。朝風呂で七代目に相談されましたか」

「いや、そうではない。七代目が玉藻様に婿を取らせようと熱心にしておられることを漏れ聞いた。じゃが、玉藻様は聞く耳をお持ちでないようだ」

「いかにもさようです」

「姉様は玉藻様が忍び逢う男がいることを承知のようだな」

幹次郎は小袖と襦袢を脱ぐと、汀女が背から寝間着を掛けてくれた。

「幹どのは玉藻様とその方が一緒にいるところを見られましたか」

「それがしではない。甚吉が柳橋付近で年下と思えるやさ男といっしょにいるところを見たと言うのだ。若い男を尾けたが、両国西広小路でまかれたそうだ」

「そうでしたか」

汀女がどうしたものかと思い悩むように間を空けた。

幹次郎は最前まで汀女が寝ていた夜具の間に体を横たえ、

「女同士の密談なれば聞かずともよい」

と目を閉じた。すると汀女が寝床の傍らに座り、幹次郎が脱ぎ捨てた羽織や小袖を畳む気配があって、

「幹どのは、玉藻様に弟がおることをご存じないようですね」

「なに、玉藻様に弟がいるのか」

思いもかけない展開に幹次郎は寝床から起き上がった。

「異母弟です、慎一郎さんという名です」

「驚いたな」

「四郎兵衛様は玉藻様の母親が亡くなられたあと、廓の外に女子を囲われたことがあるそうな。私どもが吉原に世話になるよりずっと以前の話です」

「仙右衛門どのも話してくれなかったな」

「四郎兵衛様は慎重なお方です。吉原の衆に知られるような真似はなさらなかったのでしょう」

「今はどうなっておるのだ」

「そのお方とは十数年も前、それなりの手切れ金を支払って、別れられたそうな」

「姉様、まさか甚吉が見かけた若い男が、四郎兵衛様の息子、玉藻様の異母弟ということはあるまいな」

「話を聞いただけで断じるのは危険ですが、私は甚吉さんが柳橋で見かけた若い男は慎一郎さんのような気がします」

「待て、待ってくれ。四郎兵衛様は女子と別れたのだな。その折り、慎一郎どのは母親といっしょに四郎兵衛様の元から去ったのだな」

幹次郎の問いに汀女が落ち着き払った顔で頷いた。

「その女子の強い願いで、慎一郎さんは母親のもとで育てられることになったのです」

「眠気が吹き飛んだ」

汀女が忍び笑いをして、

「四郎兵衛様にも若い時代があったということです」

「それはそうであろう。で、その女子はどうしておるのだ」

「別の男(おのこ)と所帯を持たれました」

「そうか、慎一郎どのは母親の新しい相手に馴染まず、遊び人になったのかな」

「詳しい話は私も知りません。はっきりと言えることは今から何年か前に慎一郎さんが玉藻様の前に現われ、名乗りを上げたそうな。このことを玉藻様は独りだけの秘事にしてこられました」

「父親の四郎兵衛様にも話してないのか」

「ないそうです。このことを承知なのは私だけです。ただ今幹どのが知られましたゆえ玉藻様の他にわが夫婦だけです」

幹次郎の頭の中にぐるぐるといろいろな考えが飛び交った。

「玉藻様がなぜ婿を取ることを拒んでこられたか、それは慎一郎さんの存在があるからでございましょう。玉藻様は異母弟の慎一郎さんをできることならば、八代目にと考えてこられた節がございます」

「なに、異母弟を八代目にするために、婿を取るのを異母姉の玉藻様は避けておられるのか」

「と思われます」

「姉様、慎一郎なる御仁、八代目に相応しいのであろうか」

「相応しいかどうかお決めになるのは四郎兵衛様だけです」

「じゃが、四郎兵衛様はただ今の慎一郎どのを知らぬ」

幹次郎の言葉に汀女は頷いた。

しばしふたりの間に沈黙があった。

「四郎兵衛様がその女子と別れた経緯は知らぬゆえ、無責任なことは申せぬ。じゃが、四郎兵衛様はその女子との間に生まれた倅を八代目にはせぬと、その折り、覚悟なされたのではないか」

「それが事実とすれば亡くなられた内儀様、玉藻様の母親に義理を通そうとしておられるのかもしれません」

「そうか、そういう考え方もあるな。じゃが、四郎兵衛様は、玉藻様の婿を八代目に育て上げたいと考えておられるであろうな」

「玉藻様は父親の気持ちを察しながら、時折り慎一郎さんと会ってこられた。複雑な心境でございましょう」

幹次郎はしばし黙考した。

「姉様、慎一郎なる人物は、異母姉の玉藻様になぜ会おうとするのであろうか」

「異母姉弟ですが父親の血はふたりして繋がっております。姉弟として会うておられるのではございますまいか」

「慎一郎どのは玉藻様に金をせびりに来ておるということはないか」

こんどは汀女が黙り込んだ。

「やはりそうか」

「ただ今のところ玉藻様が都合つけられる程度の金子を何回か」

「そのような男が御免色里の八代目に就くことができるであろうか」

「幹どの、そなたとて人妻の手を取って藩を逐電なされた日がございましたな」

「そ、それは」

「四郎兵衛様にも無頼の若き日がなかったとは言い切れますまい。歳月が人を変え得ることもございましょう」

「それは認めよう」

「この一件、しばらく夫婦だけの秘密としておきませぬか。玉藻様は父親想いの利口なお方です。慎一郎なる異母弟の心魂を見定めたとき、四郎兵衛様に打ち明けられるか」

と汀女は言葉の途中で口を閉ざした。

「あるいは姉様に相談なされるか」

「その折りは幹どのの腕を借りることになりそうです」

と汀女が言い、幹次郎ににじり寄ると肩を抱いてふたたび寝かせようとした。

幹次郎は不意に欲情を感じて汀女の唇を奪うように重ねた。

汀女が驚きの顔で幹次郎の衝動を受け止め、しばらく幹次郎のなすがままにして唇をずらし、

「もう一夜我慢なされ」

と耳元で囁いた。

ふたりだけの暮らしではない。おあきもいれば黒介も同じ屋根の下にいた。

「幹どの、いつの日か加門麻様と情を交わしなされ。姉は許します」

と耳元に驚きの言葉が囁かれた。

「姉様、それがし」

吉原会所の裏同心と吉原の全盛を誇る薄墨太夫がそのような関係を持つことは許されなかった。

「承知です。おふたりが自制しておられることをな」

「それがしは姉様ひとりでよい」

幹次郎の言葉を静かに受け止めた汀女が、

「加門麻様でなければ、かような言葉は口にしませぬ。ただし、夢をおふたりが見るのは一度限りにございます」

と言い残した汀女が畳んだ幹次郎の衣服を持って居間を出ていった。

第四章　復藩話の謎

一

師走も十日余りを残すところになり、吉原に餅搗きが回ってきてそれぞれの楼出入りの鳶、職人衆ら仕事師たちが手伝いに訪れ、

「御代(みよ)は目出度(めでた)の若松様よ」

と歌いながら餅搗きをなしていた。

だが、幹次郎は杵音(きねおと)も知らぬげに吉原から離れた柘榴の家で熟睡していた。

どれほど寝たか。

遠くから叫ぶ声を聞いた。そして、廊下に足音と黒介の鳴き声を聞いて幹次郎は目覚めた。

「旦那様」

とおあきの声がした。

幹次郎はしばし障子に当たる日差しの具合で刻限を知ろうとした。

幹次郎の考えを察したおあきが言った。

「八つ半（午後三時）に近いと思います」

「もうさような刻限か、よう寝た」

「鼾を搔いておられました」

とおあきが応じ、

「囲炉裏端に甚吉さんが待っておられます」

「なに、甚吉が」

なんの用かと考えを巡らし、

（おお、そうか）

と思い出した。

「着替えしていくゆえしばらく待てと甚吉に伝えてくれぬか」

幹次郎は、しばらく寝床の中で本日の用事を思い出した。そして、寝床から出ると寝間着を汀女が用意していた長襦袢、小袖に着替えて足袋を穿き、袴を着けて囲炉裏端に向かった。すると、甚吉が茶漬けでさらさらと飯を食っていた。

「なんだ、甚吉。わが家に飯を食いに来たのか」

「昼餉（ひるげ）は山口巴屋で食った。ここまで歩いてきたら腹が減った」

と落ち着き払った声で答えた。

「それがしの頼みについては調べ終わったのであろうな」

「ああ、だいたい分かった」

甚吉の声は自慢げに響いた。

「つまらん話よ」

と言い放った言葉の中に幹次郎は、甚吉のそうであってほしいとの願いが込められていると感じた。

「どうせそのようなものであろう」

甚吉は、おあきが持ってきた幹次郎の膳の丸干し鰯（いわし）を素早く箸で二匹摘むと、残りの茶漬けを食い終えた。

その様子を見たおあきが、

「呆れた。甚吉さんたら、旦那様の菜（おかず）を盗んだ」

「おあき、盗んだとはなんだ、まるで悪餓鬼のようではないか。おれと幹やんは同じ長屋で物心ついたときから狆ころ兄弟のように育った仲だ。焼き鰯のひとつや二つ、文句を言うものか」

甚吉がおあきに言い放ち、幹次郎に念を押した。

「なあ、幹やん」

「まさか山口巴屋でもそのような真似をしておるまいな。姉様の顔にも関わることだぞ」

「心配するでない。他人がおる前ではやらぬ」

平然と応じた甚吉がおあきに茶を所望した。

「ただ今仕度しております」

幹次郎は丸干し鰯と野菜の煮つけ、大根おろしに蜆の味噌汁の膳の箸を取り上げた。

甚吉は未だ食い足りぬのか、羨ましそうに見た。

おあきが茶をふたりに供し、甚吉の前から空の茶碗や箸を急いで引き下げた。

「里芋の煮つけはおれの好物だ」

それでも甚吉が幹次郎の膳に執着を見せ、里芋の皿を奪った。

「話せ」

「久しぶりに芝口の江戸中屋敷を訪ねた。早いものでおれが藩を辞して四年近くが過ぎた。知らぬ顔の門番でな、なかなか屋敷内に入れてくれようとはせぬ。ともかく気長に待っておると、御使番(おつかいばん)の佐々木江之助(ささきえのすけ)様の小者が顔を見せよった。そこで芝口橋まであとを尾けて、あの界隈の煮売り屋に誘い込んだ」

「ようやった」

「だが、幹やん、東松(とうまつ)め、酒ばかり呑んでおれの問いに答えようとはせぬ。三本呑まれたところで、答えぬのなら支払いは東松、おまえがやれ、おれは行くと立ち上がったところ、ようやく話し始めた。ともかく話を聞いた上でな、二分寄越せとしつっこく言うのをようやく一分にてケリをつけた。呑み食いした上に一分だぞ、一分」

「話させた経緯はよい。東松なる小者、それがしの復藩話の理由(わけ)を承知していたのだな」

「幹やん、そなたの名を出して訊いてよかったのか」

「いや、それはならぬ」

「で、あろう。そこが苦心の為所(しどころ)でな。ともかく幹やんの腕を借りたい出来事は碁がたき同士の意地の張り合いから起きたことだ」

と甚吉が言った。

「碁じゃと。どういうことか」

「われらがいた岡藩江戸藩邸の御年寄馬場池與左衛門様は無類の碁好きだ。でな、同じ豊後の府内藩の松平家の用人彦根彌三郎様とは碁がたきだそうでな、お互いの屋敷を訪ねては碁を楽しむ間柄よ」

御年寄とは、家老職の次に位置する重臣で、中川家の血筋の者が継ぐことが多い。いつの時代にも三、四家、御年寄を名乗る者がいた。だが、幹次郎と甚吉には全く関わりがなかった人物だ。

「それがどうしてそれがしの復藩話に結びつく」

幹次郎は朝餉と昼餉を兼ねた飯を食いながら質した。

「もう少し辛抱して聞け」

話の先を急かす幹次郎を軽くいなした甚吉が、

「おあき、甘いものはないのか」

と外で洗い物をしているおあきに怒鳴った。

「甚吉さん、旦那様が終わったら出します」

と怒鳴り返してきた。

おあきは甚吉の扱いをよく心得ていた。

幹次郎の傍らの座布団の上に黒介が気持ちよさげに丸まっていた。その髭を摘んで悪戯した甚吉が、

「豊後国で一番石高が多いのはわれらの岡藩中川家の七万三千石だな」

と自慢げに言った。

「甚吉、もはや岡藩とはわれらなんの関わりもないのだぞ」

幹次郎は、未だ岡藩と所縁があるような口調を注意しながら、西国の中でも豊後国の大名は岡藩が筆頭で、二番手が臼杵藩の五万六十五石、三番手が杵築藩の三万二千石であることを思い出していた。

「豊後にはなぜ大藩がないのかな」

と甚吉が首を捻り、

「府内藩松平家は日出藩の二万五千石に続いて五番目の二万千二百石だ。わが岡藩の三割にも満たぬ」

と言った。

「それがどうしたというのだ」

「ただ今意地の張り合いの原因を話しておるところだ、黙って聞け」

甚吉の言葉に幹次郎は黙った。

「われらが岡藩は外様大名だが、一方の府内藩の松平家は譜代大名だ。二万余石でも威張っておられるそうだ」

話が見えぬと呟く幹次郎を見た甚吉が、

「今からふた月も前、どこぞの船宿でいつものように御年寄馬場池様と用人彦根様が何番か碁を戦ったそうだ。この日はどちらかに勝ち負けが偏ったらしく、ふたりで言い争いになったらしい」

「碁で言い争いか、呆れたな」

「おお、かようなことはままあるそうじゃ。御年寄どのと用人どののふたり、碁を離れてわが藩にはなにがあるかにがあるなどと自慢話になり、最後には松平家の用人彦根様が、わが藩には直心影流の達人武宮義次郎なる遣い手がおる。岡藩には武宮に敵う相手はいまいと威張ったそうな。そこでだ、うちの馬場池様は、いや、武宮某なんぞ大した相手ではない。岡藩は七万三千石、藩士の中には武勇の者が何人もおるといきり立ってな、ならば両藩で剣術試合を致そうではないかとなった」

「甚吉、この話、真のことか。実に大人げない話ではないか」

「幹やんは、碁の面白さを知らぬ」

「甚吉は知っておるのか」

「おれが知るわけもなかろう」

甚吉が威張り、さらに語を継いだ。

「ともかくだ。馬場池様は藩邸に戻り、御留守居役の四十木元右衛門様に相談したところ、府内藩の武宮義次郎なる藩士は、豊後では知られた強豪でな、相手になる者がいないほどの剣術の遣い手、それに大力自慢の者でもあるというのが分かった。なにより武宮は真剣勝負を幾たびも経験しておるということでな、岡藩内に武宮に匹敵する藩士はおらぬことも分かった。そこで幹やんの名を思い出した者がいて、あれこれすったもんだがあった挙句に復藩話になったらしい。江戸藩邸では有名な話らしいぞ」

「迷惑極まりない話じゃな」

「戦や喧嘩の始まりはおよそつまらぬところに原因があるものよ」

おあきが頃合いと見たか、餅を焼いてふたりに供した。

「なに、おあき、飯を食ったあとに餅か。この節、どこでも餅を食わされる。なにか饅頭のようなものはないか」

「ございません」

おあきは甚吉の文句に取り合わなかった。

「どうする、幹やん」

「どうするとはなんだ」

「岡藩七万三千石に復藩する話のことよ」

「馬鹿馬鹿しゅうて話にもならぬ。そうではないか、遊びの争いから始まったそれがしの復藩話だぞ。またいつ馘首されるか分かったものではないわ。いや、それよりこの話、まともな話ではないな、関わらぬがなによりだ」

「いささか惜しいがな」

「甚吉、そなた、未だ岡藩の中間暮らしに未練があるのか」

「いや、そうではないが、幹やんの出世の機会かと思うたまでだ」

「甚吉、もう一度言うておく。それがし、吉原会所の務めが合うておる。また会所から十分に手当も頂戴しておる」

「幹やん、斬った張ったの代償だぞ。幹やんはいつまで刀を振り回しておるつもりか。年を取れば力も衰えていく。それが世の習いだ」

「そのことも承知だ。だがな、甚吉、岡藩に仮に戻ったとせよ。かように囲炉裏端で甚吉と呑気な話ができると思うてか」

「堅苦しい武家方では無理だな」

「また食する銭に困り、酒や甘いものなど論外の暮らしじゃぞ。ともかくそれがしは、岡藩であれなんであれ、武家奉公する気はない。分かったな」

幹次郎の言葉にだいぶ間があって甚吉がしぶしぶという感じで、

「残念じゃがな、仕方ないか」

と呟いた。


幹次郎は庭に木剣を持って出た。

柘榴の枯れた実に見守られながら素振りを四半刻（三十分）ほど続け、さらに佐伯則重に持ち替えて、眼志流居合の型を、

「浪返し」

とか、

「横霞み」

と技の名を挙げながら繰り返した。

半刻以上、体を慣らしたところで幹次郎は独り稽古をやめ、日の当たる縁側に

丸まった黒介の傍らに腰を下ろした。すると心得た様子でおあきが茶を運んできた。

「喉が渇いたところだ、有難い」

と幹次郎がおあきに礼を述べると、おあきが頷きながら縁側に座った。

「旦那様」

と気がかりな声で言った。

「どうした、おあき」

「甚吉さん、なにか約束してきたんではございませぬか」

「話を聞いておったか」

「甚吉さんは大声です。外にいても聞こえます」

とおあきが答えた。

昔から甚吉は喚くように話した。ゆえに外で仕事をしていても囲炉裏端のやり取りが聞こえたのであろう。

「甚吉さんたら、旦那様の返事が残念そうでございました」

おあきに言われて幹次郎も思い出した。

甚吉には軽々に人の頼みを安請け合いするところが昔からあった。それに幹次郎が復藩することを望んでいるような口調でもあった。

幹次郎はしばし黙考した。

「おあき、たとえそのような魂胆があったとしても、それがしも姉様もすでに十四年も前に捨てた藩に戻る気持ちなどさらさらない。吉原会所に奉公しながら、われらができることをなし、この柘榴の家で暮らしていくだけだ」

おあきの顔にほっとした表情が見えた。

「そなた、われらが復藩すると思うたか」

「だってお武家様に戻られるのは出世でしょう」

「そうとも言えぬ。もはや武士の時代は終わった、すでに戦がなくなってから百年以上を経ておる。ただ今は商人がこの世を牛耳(ぎゅうじ)っておるのだ。殿様と呼ばれようとなにしようと、札差(ふださし)、両替商などの商人にどこの藩も多額の借財を抱えておるでな、頭が上がらぬ」

幹次郎の言葉をおあきは驚きの顔で聞いた。

「おあき、思い出したことがある。会所の衆が見えたら、馬喰町まで出かけるで、四つ半までには吉原に戻ると伝えてくれぬか」

と言った幹次郎は手早く外出着に替えた。

幹次郎の姿が、馬喰町裏路地の煮売り酒場に見られた。いつもの席に身代わりの左吉がいた。

「左吉どの、頼みごとをしたままで申し訳なかった」

「わっしも神守様に連絡をつけようと思っていたところでさ。その様子だとすでに子細が分かったようでございますね」

「相すまぬことをした。昔の同輩が岡藩江戸藩邸の内情を聞き出してきた。それが真なら馬鹿馬鹿しいの一語にござった」

「神守様、念のためだ。同輩から聞かされた話を披露してくれませぬか」

左吉に願われて幹次郎は甚吉が聞き出した話をした。黙って聞いていた身代わりの左吉が、

「わっしが探り出した話とほぼ一致しております」

「さようであったか。無駄手間を左吉どのに取らせたな」

と詫びた。

虎次親方も竹松もふたりが内緒の話をしていると考え、近寄らなかった。

「神守様、ただね、この話、あとを引くかもしれませんぜ。というのも碁の話だ

が、一番一番にそれなりの金子が賭けられていたのでございますよ。岡藩の御年寄馬場池様は用人彦根様に多額の金子を借りておられる。馬場池様としてはなんとしても府内藩の剣術遣いを倒して、借財をなしにしたいと勝手なことを思うておられるそうな」

「いよいよ呆れ果てた考えにござる。それがし、岡藩に復藩するなど全くもって考えられませぬ。もはやこの話はどうなろうと、それがしが関知すべきことではございませぬ」

と幹次郎が言い切った。

幹次郎の言葉に頷いた左吉が、

「賭け碁は結局博奕だ。それだけにね、このまま終わると宜しいのですがね」

と呟いた。

幹次郎は今夜の仕事も賭場であったなと思い出した。

「それがし、今夜もう一件賭場がらみの仕事を抱えておる」

左吉に呉服町新道の島原屋に関わった経緯から、南町奉行所と御目付の捕物にひと役買うことになったことを告げた。

「呆れましたな。廓の外にまで神守様は手を伸ばしておられますか」

「それがしが望んだわけではないが、いつの間にかこうなる」

　と答える幹次郎に、

「新堀川三之橋の有馬右京太夫様の屋敷ね、大木戸の六造の賭場にございましたな」

　と立ちどころに左吉が博識を披露した。

「神守様、六造に剣術遣いの用心棒がおるのを承知ですな」

「二天一流南部豪之丞頼義と配下の者が数人おるようですね。それがしの役目はこの南部某を制することでござる」

「南部がどれほどの腕前か知りませんが、不意打ちを食らわないかぎり神守様が恐れることはございません。わっしが気にするのは、有馬の殿様の若い妾ですよ。お稲は元々六造の手が付いた女でね、美形の上に床上手でね、六造は今も未練があるって小伝馬町の牢屋敷の評判でございますよ。神守様、注意するのはこっちのほうだ」

「それがし、吉原で目だけは磨かれておるで、美形といえども引っかからぬ自信がござる」

「いえね、お稲、最近では女だてらに賭場で壺を振っておるそうですが、この女子、片肌脱いだ後ろ帯に異国製の短筒を隠し持っておるそうな、この飛び道具には気をつけてくだせえよ」

と左吉が注意した。

「よきことを聞いた。今宵のお礼は後日致す」

と応じた幹次郎は、直ぐに吉原へと引き返した。

二

浅草寺境内を抜けようとした幹次郎に、

「神守様、迎えに行くとこだったよ。折りよく出会ってよかった」

と金次が声をかけてきた。

「神守様の家を訪ねたらよ、おあきさんが馬喰町だと言うので虎次親方の煮売り酒場を訪ねていると知ったんだ」

「言い残しておいてよかった。金次、なにか起こったか」

幹次郎と仙右衛門が三之橋に出張るのは夜四つ半の刻限だ。まだ余裕があると思い、左吉に会っていたのだ。

「起こりましたぜ」

金次の応答がどこか自慢げに響いた。

「お縫ちゃんを襲った野郎な、ひょっとしたら壱刻楼の遣手の倅かもしれませんぜ」

「お末の倅じゃと」

ふたりは仲見世の人込みを抜けながら顔を見合わせた。

「おりゃさ、どうもお末の高慢ちきな応対が気に入らなくてよ、なんとなくお末の周りを訊き込みしていたんだ。そしたらよ、お末が女郎時代に産んだ倅の修造が時折り五十間道裏の甘味屋に姿を見せてよ、母親のお末を呼び出すってことを甘味屋の女連が話してくれたんだ。その修造め、腕に剛毛が生えていてよ、体臭がきついのだと、甘味屋の女衆の間でも悪評の野郎なんだよ」

「でかしたな、金次」

幹次郎は褒めた。

「それだけではないぜ。お縫ちゃんが襲われた日、修造がお末を呼び出そうとしたが、お末は毎度毎度小遣いをせびられるのでよ、その日は甘味屋に姿を見せなかったのだと。お縫ちゃんが襲われたのはそれから一刻半（三時間）もしたころだ」

「いよいよ面白くなったな」

「おりゃ、面白くねえ」

「すまぬ。お縫のことを考えなかった。修造はいくつだ」

「詫びることはねえっすよ。歳は二十三、四のはずだ」

「この一件、七代目か番方に話したか」

「まずよ、神守様の考えを聞こうと思ったんだ」

分かった、と答えた幹次郎はしばし無言で考えながら歩いた。

「遣手のお末は倅がお縫を襲ったことを承知していたんだな」

「自分の産んだ子だ、一瞬であったとしても分かったはずだ。だがよ、母親としては一瞬でなにも見なかったと言い張るしかなかったろう。それにしてもなぜ廓内でお縫ちゃんを襲うようなことを修造はしたんだ。お縫ちゃんと修造は見ず知らずのはずだぜ」

金次が疑問を呈した。

「お末はお百夜参りをしていると言わなかったか」

「壱刻楼の朋輩に訊くとよ、お末はたしかに廓の四稲荷にお参りに行くことはあったそうだ。だがよ、お百夜参りなんて熱心だったわけじゃないそうだ。思いついたときに稲荷社に足を向けていたくらいだったそうだぜ」

「修造がお縫を襲ったのは偶然であろう。そこへ偶さか母親のお末が姿を見せたか。あるいはお末にお縫を襲うところを見せたかったか」

「なぜだい、お縫ちゃんはなにもしていないぜ。ただ親父の繁蔵さんの病が治るようにお参りしていただけだぜ」

「修造がお末にお縫に悪戯をするところを見せたのは甘味屋への呼び出しに応じなかった母親への嫌がらせかもしれぬ」

「なんだって、嫌がらせでお縫ちゃんは怖い思いをさせられたのか」

「推測にしか過ぎぬ。修造はなにをやっているのだ」

「職人ってわけでもなし、お店奉公なんて務まりそうにない。母親にいい歳をして金をせびってやがるんだ。どこに住んでいるかも分かってねえ、遊び人、半端者だろうよ」

「お末は知っておるか」

「そりゃ、母親だ、知っていよう」

幹次郎らは浅草寺境内を抜けて寺町に出た。

「金次、この一件、まず七代目と番方に報告しておくべきだ。その前にわが家に立ち寄りたい。今晩に備えて携えていきたいものを思い出した」

「島原屋喜左衛門が殺された一件の始末か」

「そういうことだ」

幹次郎の返答を聞いた金次が自らも行きたいという顔をした。

「金次は修造の居場所を探ることに専念せよ。それがしと番方は、南町の桑平どのから頼まれての助っ人だ。そなたが加わっても働く場がなかろう」

「そうだな」

そう言った金次が、

「噂をすれば影、南町の定町廻り同心が神守様の家から出てきたぜ」

と幹次郎に教えた。

「なんとも忙しい日じゃな」

思わず呟いた幹次郎が、

「そなたは会所に戻り、ただ今話したことを四郎兵衛様と番方に伝えよ。それがしは桑平どのと話したあと、会所に参る」

と二手に分かれることを提案した。

よし、と返事をした金次が桑平に挨拶しながら土手八丁に急いだ。

「今晩の打ち合わせにござるか」

「まあ、そんなところです」

と応じた桑平が、

「さすがに吉原の裏同心どのの家は渋好みだな。八丁堀の不細工な造りとは大いに違う。羨ましいかぎりじゃ」

と笑みの顔で言った。

「正直申して、われら夫婦が住める家ではござらぬ。通人が妾を囲うごとき普請にございましてな、事実浅草寺の僧侶が妾のために普請した家じゃそうな。七代目からの預かり物、まあ番人のようなものです」

「いや、そなたが命を懸けて働いた結果にござろう。威張って住まいしてようござる。玄関前から見ても庭といい家といい、惚れ惚れ致す」

と桑平が褒めた。

「それにしてもよう分かりましたな」

「それがし、町廻りが務めの同心ですぞ。なんとなくこの界隈とは承知していた。いやね、吉原会所を訪ねて神守どのが昨夜ひと働きなされて家におられると四郎兵衛に聞かされて、思い切って訪ねたところです」

「ちょうどよかった。中に入ってくだされ」

幹次郎は桑平を柘榴の家に引き戻した。

「おあき、戻った。茶を願う」

と声を玄関前からかけると、

「用意しております」

門前の声が聞こえたのか、おあきはすでに仕度をしていた。

「庭を拝見致す」

と断わった桑平が枝折戸を開いて庭を眺めた。

宵闇の縁側で黒介が丸まって寝ていた。それを見た桑平が言った。

「神守どの、縁側にて話がしたい」

汀女の留守を気にした桑平が遠慮するように縁側の黒介の傍らに座した。そして、庭に入ってきた幹次郎に、

「大木戸の六造は腹心の屋根屋の菊三郎が賭場の上がりを持ち逃げしたというので、東海道に手下を何人も追わせておりますぞ。まさか敏腕の裏同心どのと番方の仕業とは努々考えてもおりますまい」

「四郎兵衛様に聞かれましたか」

「佃島の御輿蔵に屋根屋め、閉じ込められているそうな。やることが素早い。悪人の上がりを掠めようという話ですからな。われら町奉行所の同心はそんな大胆なことはできぬ」

　と苦笑いした。

「四郎兵衛様は菊三郎と六百五十両、どうすると申されました」

「今晩の手入れが終わったあとにそれがしに渡してくれるそうな。それがし、どう上役に言うて、渡したものか」

「桑平どのの手柄にすればよかろう。六百五十両の一部でも島原屋の奉公人に渡るようなお慈悲を奉行所が考えてくださると有難い。それに屋根屋の菊三郎にもお慈悲を願いたい」

「七代目からも釘を刺されました」

　幹次郎はおあきが茶菓を縁側に持ってきたとき、縁側から座敷に上がり、納戸部屋から奥山の出刃打ち芸人紫光太夫から頂戴した出刃を取り出して縁側に持ってきた。

「出刃が要りますか」

桑平の問いに幹次郎が身代わりの左吉から聞いた話を告げた。

「それはよい話を聞いた」

と答えた桑平が、

「まずは南部某の前にお稲を神守どのに始末してもらおうか」

「桑平どの、それがしと番方はあくまで南町奉行所と御目付衆の助っ人にござる。助っ人がしゃしゃり出ては上手くいくこともいかなくなる」

「いや、神守どのは分を心得ておられるから、さようなことは考えられぬ」

「桑平どの、それがしをおだてに参られたか」

「いや、そうではない。有馬の下屋敷には幕府の要人も出入りしているそうな。そのことをお奉行が気にかけておられるゆえ、事は迅速に運べと上役からわざわざ念押しがあった。町廻りのついでに小者を浅草寺に残して、そなたの顔を見に来た」

「やはり釘を刺しにですな」

「そう言わんでくれぬか。わが同僚を見回しても修羅場を潜った経験のない奴ばかり、目付衆とて似たりよったりとみた」

「頼りになるのは桑平市松どの」

「と、そなただけだ。ともかく一気に事を決することが肝心かと思う」

幹次郎はふと思いついた。

「桑平どの、そなた、修造なる無頼者を知らぬか」

「どこの修造ですな」

「それが分からぬ。母親は吉原の伏見町の壱刻楼の遣手お末で女郎時代に産んだ子でしてな、歳は二十三、四。腕に剛毛が生えており、体臭がきついそうな」

「まさかお縫という娘を襲った者が修造というのではござるまいな」

「そう考えられますか」

「まあ、それがしが知る修造ならば考えられないこともない。そなたは承知でしたか」

「それがし、金次からつい最前話を聞かされたゆえ承知でした。この修造とはどのような人物ですな、桑平どの」

「修造は、一、二度小伝馬町の牢に微罪で入っておりますよ。たしか母親が女郎をしているというので、白金村（しろかねむら）のお末の実家に引き取られてそこで育ち、十四、五歳で奉公に出されましたがどこも長続きせずに、十七、八で一端（いっぱし）の遊び人に落ちた。ですがね、こやつ、人付き合いが苦手で親分や兄弟分はいない、一匹狼です。なあに、大きなことができる奴じゃない。盗みとかかっぱらいのようなことでお縄になったのです」

「住まいはどこか分かりませぬか」

「たしかこの界隈、聖天町の仏具屋井戸田作左衛門の家作と思いましたな。今もいるかどうか、引っ越しておれば厄介だ」

この界隈は、のちに芝居町として名を挙げる猿若町があり、葺屋町、堺町、木挽町から中村座など三座が引き移ってくるのは、天保時代に入ってのことだ。ゆえに五十年後のことになる。

寛政時代は寺町の風情が漂っていた。

幹次郎は、懐に小出刃を手拭いで巻いて突っ込み、桑平市松といっしょに柘榴の家を出た。

浅草寺領門前から聖天横町を抜けると聖天町だ。

仏具屋井戸田作左衛門方の番頭に顔見知りの桑平が長屋住人の修造のことを尋ねると、

「またなにかやらかしましたか」

と尋ね返された。

「修造は今も住んでいるんだな」

「はい」

「聖天町の御用聞きの伸蔵をだれかに呼びに行かせてくれないか」

と桑平が番頭に命じると、

「伸蔵親分ですね、直ぐに。修造の長屋は棟割の一番奥ですからね」

番頭の返事に桑平と幹次郎のふたりは、仏具屋の裏手に建つ棟割長屋に向かった。

「神守どのはそれがしにとって、実に得難いツキをもたらしてくれる御仁ですな」

「桑平どの、修造を捕まえたら定町廻りでお調べですか」

「なにか差し障りがありますかな」

「いえね、隠密廻りの村崎どのが始終それがしに皮肉を申されますでな」

「放っておきなされ。うちでお縄にしようと隠密廻りに渡されようと結局は、南町の白洲に引き出されるのです。それより一刻も早くそのような仕業をなした者を捕まえるのが先だ」

木戸口に立った桑平がもっともなことを言い、前帯に差した十手を抜いた。

幹次郎は桑平に従った。

どぶ板の向こうの井戸端で女連が夕餉の片づけというよりお喋りに興じていた。厠から小太りの男が腕を掻きながら出てきた。その腕は目立つほどの黒い剛毛に覆われていた。

「修造、御用の筋だ。神妙にしねえ」

凜とした桑平の声に一瞬虚を突かれて立ち竦んだ修造が逃げ道を探して、きょろきょろとした。

「吉原会所の裏同心どのも同道しているんだぜ。逃げられると思うてか」

桑平の制止の声にも拘わらず意外にも機敏な動きで修造が厠の裏手の垣根へ向かって逃げ出そうとした。

その瞬間、幹次郎が咄嗟に懐の小出刃を摑んで投げ打っていた。それが修造が逃げようとした眼前の、厠の柱に、
ぶすり
と突き立って、
わあっ！

と叫んだ修造が腰砕けにその場にへたり込んだ。

「修造よ、注意したはずだぜ。吉原会所の裏同心どのを甘くみるんじゃねえ。奥の手がいくらもあるんだぜ」

桑平が十手を翳しながら修造に近寄り、

「これ以上、手間をかけさせると、罪が重くなる。おめえが吉原の榎本稲荷でよ、縫という娘に悪さをしようとしたことはすべて分かっているんだよ。てめえの母親がすべて白状したんだ」

「くそっ、あのスベタが」

「スベタだと、てめえの母親ではないか」

「なにが母親だ、おれを物心つかないうちに婆の家に追っ立てやがって」

「お末にも事情があったんだろうが。ともかくもはや言い逃れはできないぜ」

桑平が言うところに聖天町の御用聞き伸蔵と手下たちが木戸口から駆け込んできて、

「桑平の旦那、直々の捕物ですかえ。恐縮至極にございますな」

「なあに、おれは大声を上げただけだ。吉原会所の裏同心どのの出刃打ちにこいつが腰砕けになったのよ。廓内でこいつが娘を襲い、首を絞めた上に刃で首筋にかすり傷をつけたことは分かってるんだ。ふん縛りねえな」

桑平が伸蔵親分に命じた。

幹次郎は厠の柱に突き立っていた小出刃を引き抜くと、光に向かって刃を翳し、切っ先が欠けていないかどうか調べた。どうやら筋目に沿って突き立ったようで切っ先は曲がっても欠けてもいなかった。

「神守どの、今晩が楽しみだ」

桑平が心底からそう思うのか、感嘆の言葉を吐いた。


幹次郎が吉原会所に戻ったとき、会所では壱刻楼の遣手の末がふてくされた顔で番方らを睨んでいた。

「おや、神守様」

「遅くなってすまぬ」

と応じた幹次郎が、

「修造の母親は、お縫を襲ったのが倅だったと認めたかな」

「とんでもない言いがかりだと、最前から好き放題に叫んでいやがるんで」

と小頭の長吉が言った。

「そうか、倅は認めたがな。母親のおまえとあのとき、目を合わせたと」

「神守の旦那、そんな手に乗るものか。わたしゃ、知らないよ」

「そうか、知らぬか。もはやそなたの倅は、南町奉行所定町廻り同心桑平市松どのと聖天町の御用聞き伸蔵親分らに引き立てられて大番屋に連れていかれたぞ」

「えっ！」

末ばかりか会所の面々が驚きの声を上げた。

「修造はこれまで何度か小伝馬町に世話になったそうだな。桑平同心が聖天町の仏具屋の長屋に住んでおることを覚えておられたので、ふたりで捕まえに行ったのだ。まあ、修造、こたびは小伝馬町の牢だけでは済むまい、と桑平同心が言うておった」

幹次郎の言葉に、

わあっ！

と末が大声を上げて泣き出した。

三

深夜、神守幹次郎と仙右衛門は、新堀川に舫った政吉船頭の猪牙舟にいた。先夜と同じく苫を葺いた屋根の下に湯たんぽが置かれ、その上に綿入れが被され、ふたりが足を突っ込んで暖を取る工夫がなされていた。

九つの時鐘が増上寺の切通しから陰々と響いてきた。

師走に入って一番寒さの厳しい夜だった。

今にも夜空から白いものが降ってきそうな感じだった。

綿入れに頬被りした政吉が、町奉行所と御目付の面々が闇に潜んでいることを気にかけ、賭場が開かれる寄合三千石の旗本、有馬右京太夫の下屋敷の方角を苫の下に半ば身を入れながら見た。

新堀川左岸の河岸道を一丁の駕籠がやってきて、有馬屋敷からだいぶ離れたところで停まった。

客が駕籠舁きになにがしか駕籠代をやったが、駕籠舁きが約束と違うと文句を言ったらしく、しばらく押し問答が続いた。

客は駕籠舁きには取り合わず有馬屋敷に急いで向かった。

「駕籠舁きに酒手をけちったのは相模屋伸之助の旦那だな」

政吉が苫の中のふたりに告げた。

「博奕をする金はあっても、吉原から寒い中乗せてきた駕籠屋に出す酒手はないか。博奕なんぞしなきゃあ、いい旦那でいられるのにな」

「博奕好きなんてそんなものよ、政吉の父つぁん」

と仙右衛門が応じて、

「相模屋の旦那、代貸の屋根屋菊三郎が書いた誘い文に釣り出されたか」

と笑みを押し殺した声で言った。

「番方、菊三郎の筆跡はひどいものでね、姉様がそれらしく書き直したのだ」

「ほう、汀女先生の文に誘い出されましたか、腕利き、いや手利きだね。女の文で釣り出されるのが妓楼の主とは気の毒に」

と仙右衛門は笑い、

「あと半刻の辛抱か」

と言った。

そのとき、雪がちらちらと夜空から落ちてきた。

しばらくすると猪牙舟に人影が近づき、南町奉行所の小者が予定を早めて、賭場に踏み込む出役を告げた。

「有難い」

と綿入れで手を温めていた仙右衛門が懐の匕首の柄に触れた。

幹次郎は前帯に抜身の小出刃を差し込んで、佐伯則重と木刀を手にして苫から出た。

雪は本降りになっていた。

政吉が猪牙舟を向こう岸に着け、ふたりは土手に跳んだ。足袋と草鞋で固めた幹次郎の足元が滑るほど雪が積もっていた。

幹次郎は、手拭いで頬被りした上に菅笠をつけ、羽織はすでに猪牙舟に脱いでいた。則重を腰帯に落とし、木刀を杖代わりに土手を登った。すると桑平市松が姿を見せた。

「行きますかえ」

とふたりに話しかけた。

桑平の形は、尻端折りにして鎖帷子、その上に半纏股引に籠手脛当、刃引きした長脇差を一本だけ差し、鎖を巻き込んだ白鉢巻きに襷掛け、足袋草鞋で足を固めるといういかめしいものだ。右手に長十手を提げていた。

「なかなか勇ましいお姿ですな」

「神守どののように修羅場慣れしておりませんでな、出役の習わしに従いましたが仰々しゅうござるか」

「いえ、まず相手を萎縮させるにはその形はよい」

幹次郎は答え、桑平に尋ねた。

「で、御目付衆はどちらに」

「われらが突っ込み、場を制したあとに乗り込もうという、ずるい魂胆ですよ。もっともうちの上役どのも同じ考えですがな。ともあれ、あちらの狙いは有馬右京太夫です」

その言葉に憮然とした陣笠の与力に桑平は平然として一礼し、仲間の同心、六尺棒の小者ら十数人を見回し、

「行くぞ」

と有馬屋敷に走った。

通用口は閉じられていた。

桑平が軽く叩き、

「すまぬ、雪で遅くなった」

と声をかけた。

しばし間が空いて戸が開かれた。

「どなた様で」

と窺う声の主の鳩尾に桑平が長十手を突き出した。

「うっ」

かがみ込む相手の傍らを幹次郎がすり抜けて中へと飛び込み、立ち竦んだ門番ふたりを木刀で殴りつけて意識を失わせた。

ふたりの見事な連携の早業だった。

薄く積もった雪明かりで明るい玄関前には大木戸の六造の手下はもう見当たらなかった。

賭場が盛況なのだろう。

玄関前にもその熱気が伝わってきた。

甲高い女の声が響いた。

「お客人、丁目は揃いましたが、半目が足りません。どなたか半目狙いのお方はございませんか。おや、相模屋の旦那、丁半合わせてくださいました か。有難うございます」

と間があって、

「丁半揃いました。賽ふたつ、入ります」

と壺が振られ、盆茣座に伏せられた気配があった。

その直後、一同が式台から踏み込み、左右の廊下に出役仕度の同心小者が飛び込んでいって配置に就き、桑平市松と幹次郎のふたりが正面の板戸に向かうと仙右衛門がさあっと、引き開けた。

盆茣座を照らす天井からの煌々とした灯りの下に、血走ったような熱気と興奮が支配していた。

「南町奉行所、目付合同の出役である。神妙に致しますように！」

と凜然とした声で桑平が宣告した。

幕閣の者が客に交じっていることを考え、桑平同心の言葉は丁寧だったが、毅然たる覚悟があった。

「ちくしょう！」

と女の声がした。

だが、大半の客は茫然自失していた。

片肌脱ぎになった壺振りの女、有馬右京太夫の若い妾の稲だろう。

上げかけた壺から右手を離して腰を浮かせ、後ろ帯に手を素早く回した。

幹次郎は、稲が異国渡来の短筒の二連銃を抜き出すのを見ながら、前帯に差していた小出刃を抜くと、手首の捻りを利かせて投げ打った。

小出刃が盆茣座を囲んで凍ついたように黙り込んでいた客の間を飛んで、短筒を構えようとした腕の付け根に突き立って、稲を後ろに倒した。その反動で引き金が引かれ、銃声が賭場に響き渡って、天井の灯りに穴が開いた。

大広間の左右の襖が開かれ、出役姿の同心や小者たちが厳めしく勢揃いをし、御目付衆もわざと姿を見せて威嚇するように賭場を睨んだ。

「くそったれが」

と罵り声を上げた胴元の大木戸の六造が、

「先生方、出番だ！」

と叫んだ。

次の間に控えていた南部豪之丞の配下三人が立ち上がると大刀を腰に差し落とした。

だが、南部は、座ったまま刀を抜き放つと、鞘はその場に投げ捨てた。

その姿勢のままに盆茣座に飛び上がり様に立ち、幹次郎に向かってゆっくりと近寄ってきた。

抜身が正眼に軽く構えられ、さすがに油断のない身のこなしだった。

南部の構えた刀は厚みのある豪剣だった。

賭場の明るい灯りと盆茣蓙の白布に刃がぎらりぎらりと光った。

盆茣座は三間半（約六・四メートル）と長かったが、険しい形相の南部は、悠然と幹次郎へと迫ってくる。自信に満ちた態度と刃が賭場の客までを威圧して身動きが取れないようにしていた。

幹次郎は小出刃を投げ打ったあと、南部の動きを見つつ盆茣座の端に片足を掛けた。

その辺りにも武家、僧侶、大店の主風の者と客はいたが、虚を突かれたように凍てついたままだ。

「御免なされ」

盆茣座に身を乗せた神守幹次郎の背後を桑平が護るように長十手でその場の者を制止した。だが、その要はなかった。

客には、幕閣の者が何人もいた。

まさか寄合とはいえ大身旗本三千石の拝領屋敷に町方や目付が飛び込んでくるとは考えもしなかったのであろう。

一方、仙右衛門は、盆茣座での対決を見守りながらも相模屋伸之助の姿を探した。

その視線の先に幹次郎の小出刃を腕の付け根に突き立てられ、

「ああ」

と悲鳴を上げる稲の前に茫然と座る有馬右京太夫の姿が映った。

さらに相模屋を、と仙右衛門は凍てついた客の中に視線を巡らして探した。

盆茣蓙をゆっくりと進む南部の動きが早まった。

幹次郎も盆茣蓙に身を乗せ、一、二歩進んだところで構えを取った。

片足を前に腰をわずかに沈めた。

幹次郎は、佐伯則重の柄元に左手を添えて、もう一方の右手を腹前に置いていた。その手が南部との間合（まあい）を見て翻（ひるがえ）った。

南部の正眼の剛剣が引きつけられ、天井に切っ先が食い込まないように注意を払いながら、幹次郎の首筋に伸ばしてきた。

鎌首を持ち上げた毒蛇が獲物に狙いを定めて、必殺の攻撃をなす万全の動きだった。

幹次郎は、
ちろちろ
と舌を見せる毒蛇の動きとの間合を図りつつ、則重を抜き上げていた。

毒蛇に向かい、円弧を描いて光が奔った。

幹次郎の首筋に刃が落ちるのと弧を描いた一条の光が南部豪之丞の厚みのある腰から胸に迫るのが同時かと思えた。

「あああー」

客のひとりが思わず悲鳴を上げた。

だが、大半の客は自らの陥った立場を忘れて息を呑み、ふたつの刃が交わる瞬間をただ見つめていた。

寸毫早く届いたのは、幹次郎の則重だった。

南部豪之丞の腰に食い込み、胸部へと抜けながらも刃の勢いが止まることはなかった。

幹次郎は抜き上げた則重にもう一方の手を添えて、両手に十分の重さを感じながらも左から右へと引き回した。ために南部の厚みのある体が浮き上がり、盆茣蓙を囲んでいた客の間に叩きつけられるように転がった。

悲鳴すら客は上げられなかった。

それほど凄みのある幹次郎の一撃だった。

賭場から物音が一瞬にして消え、静寂が訪れた。

　幹次郎の口から言葉が漏れた。

「眼志流居合浪返し」

　この言葉を聞いた桑平市松が、

「賭場の客人に告げる。どなたであれ、抗う者はこの者と同じ末路を辿るものと思われよ。静かにして、その場に座っておられよ」

　さらに御目付衆の上役、当番目付が飛び込んできて、拝領屋敷を賭場に使わせていた有馬右京太夫の姿を探した。

　有馬は稲が悲鳴をふたたび上げ始めた傍らで、

「お稲、しっかり致せ、今医者を呼ぶでな」

　とおろおろしていた。

「寄合旗本有馬右京太夫じゃな、当番目付磯貝重兵衛である、神妙に致せ」

　旗本を監督差配する目付衆の頭が言葉をかけると、有馬がへなへなとその場にへたり込んだ。

　幹次郎は横目で見ながら盆茣蓙を武者草鞋で歩いて、胴元の大木戸の六造の背後で立ち竦む南部豪之丞の配下三人の動きを血に濡れた則重で制しようとした。が、その必要はなかった。

頭分の南部が幹次郎の一撃で斃されたのを見て、三人は完全に戦意を喪失していた。

もはや賭場は南町奉行所と御目付衆の支配下にあった。

幹次郎が盆茣蓙の上で血刀を手に辺りを見回すと、仙右衛門が吉原江戸町二丁目の名主相模屋の旦那、相模屋伸之助の背後に片膝をついて、

「相模屋の旦那、まずい立場に追い込まれましたな」

と囁きかけていた。

その声に、
はっ
とした相模屋伸之助が後ろを向いて、頬被りをした仙右衛門の顔を認め、

「ば、番方、た、助けてくれ。頼む」

と震える両手を合わせて哀願した。

「ご覧の通り、南町奉行所と御目付合同の出役ですぜ。わっしになにができるものですか」

「だ、だって」

相模屋伸之助が盆茣蓙に立つ幹次郎を見て、

「あ、あれは吉原の裏同心か」

とようやく気づいたようで、

「番方、おまえさんもいなさる。な、なぜ吉原会所が町奉行所や御目付といっしょになって賭場の手入れに加わる」

仙右衛門に尋ねた。

「相模屋さん、そんな詮索をする立場にはございませんぜ。まずは自分の身を案じることだ」

と諭した。

「番方、この銭はおまえさんにあげる。見逃してくれ。おまえさんと神守様の力でなんとかしてくれ」

相模屋伸之助が駒札を仙右衛門の前に押し出した。

「旦那、立場が未だお分かりではないようだ。南町と御目付のお歴々がほれ、厳めしく揃っておられますよ」

仙右衛門が賭場の外に南町奉行所の年番方与力木塚忠吾と当番目付が陣笠姿で並んでいるのを指差し、相模屋伸之助はがたがたと震え始めた。

「旦那、吉原はこのところ客足が遠のいてますな。例の紋日を作り過ぎたせいだ。

その折りに相模屋の旦那が賭場に出入りして南町奉行所に捕まったとあっては、えらいこってすよ」

　と耳元で囁き続けた。

「そ、そんなことをこの場で持ち出さなくてもいいでしょうが」

「関わりがございますのさ。相模屋さん、廓内に出店を出していた呉服町新道の島原屋喜左衛門はこの賭場の常連だ、おまえ様も当然顔見知りでございましょうな」

「ご、呉服屋の島原屋か」

「へえ」

「顔くらい承知ですよ。ここんところ負けが込んで大変そうでしたがね」

「ご存じないので」

「なにを知っているというのです」

「神守様が叩き斬った大木戸の六造の用心棒、南部某が賭場の借財を払えない代わりに殺して骸を日本橋川の地引河岸に放り出したんですよ。わっしらがこの出役に関わったのは、島原屋との関わりがあったからですぜ」

「な、なんと」

「相模屋の旦那、そんなわけでおまえ様もどつぼに嵌ったね」

「助けてくれ、番方。同じ吉原で生まれ育った仲ではないか」

「ふだんわっしをどんな目で見ていなさるね。人並みに扱ってもらった覚えはございませんぜ」

仙右衛門が言うところに幹次郎が佐伯則重を鞘に納めて姿を見せた。

「神守様、た、助けてくれ、恩に着る」

「それがしにさような力はござらぬ」

と応じた幹次郎の元に南町奉行所年番方与力が姿を見せ、

「神守どの、見事な居合術であった」

と礼を述べた。

「それがし、桑平市松どのの日ごろの恩義に報いんと手助け申しただけにございます」

と答えた幹次郎が、

「与力どの、この者、吉原の妓楼の主にして江戸二の名主にござる」

「う、うむ」

相模屋伸之助の震える顔を見た年番方与力が相分かったという表情を見せた。

以心伝心(いしんでんしん)というわけだ。

「さて、番方、われらは引き揚げようか」

神守幹次郎が仙右衛門を誘うと、相模屋伸之助が番方の半纏の裾を握って離そうとはしなかった。

「相模屋の旦那、今晩ひと晩くらい我慢しなせえ。すでに神守様が年番方与力の木塚様にお願いなされましたからな」

と囁くと相模屋伸之助は番方の裾を握った手を離し、ふたりは有馬屋敷の表口から外に出た。

雪はさらに激しく降りしきっていた。

ふたりは新堀川で待つ船頭政吉の猪牙舟へと雪道を歩いていった。

四

吉原の妓楼や引手茶屋に松飾りが立てられ、いよいよ年も押し詰まったことを、客にも吉原に暮らす人々にも告げていた。

新堀川の有馬屋敷の賭場手入れは、読売が書き立てたので江戸じゅうが知ることになった。

賭場の客筋が幕府の高官、僧侶、医師、大店の主と金に苦労のない金持ちだけに庶民の間に、

「ようやったな、気持ちがすっきりとしたぜ」

「老中松平定信様も貧乏人苛めだけではなくよ、ようやく身内にも容赦なく手入れをされたか。本腰入れてご改革に取りかかるつもりらしいな」

「いや、そうじゃねえよ。一罰百戒と見せておいてよ、捕まえたお偉いさん方からたっぷり銭を搾り取ろうという算段じゃねえか」

「いい気味じゃねえか」

「お城のよ、さらに偉いお方の懐のものが、あっちからこっちに移るってよ、どちらかが潤うって筋書きじゃねえか」

などと読売を片手にあちらこちらであれこれと詮索されていた。

その日、幹次郎は朝湯に入り、髪結床で髭を剃り、髷を結い直してもらってさっぱりとした顔つきで、衣紋坂をゆっくりと下りて大門を潜ろうとした。その前に大番屋で修造の調べに立ち会っていたために昼見世が終わり、夜見世にはもうしばらく間がある刻限になっていた。

大門前には駕籠も素見の客の姿もなく、気忙しい中でもここだけは気怠いような師走の時間が流れていた。

賭場手入れの夜に降った雪は、日陰に名残りがあったが、師走にしては穏やかな日差しで風もない。

「待った」

幹次郎の前に南町奉行所隠密廻り同心、面番所に勤める村崎季光が両手を翳して立ち塞がった。

「おお、これは村崎どの、穏やかな日和にございますな。妻女どのも母上もお変わりございませぬか」

幹次郎がにこやかに挨拶した。

「これこれ、裏同心神守幹次郎どの、そなた、新堀川の賭場の手入れを手助けしたそうではないか。いや、手助けどころではない、派手な剣さばきで捕物を仕切ったそうじゃな」

「どこからそのような噂が流れてきましたな」

「読売が派手に書き立てたのだ。江戸じゅうが知っておるわ」

「それとそれがしと、どう関わりますので」

「読売が匿名ながら書き立てた剣術遣いは、そなたであろうが」

「それがし、心外です、迷惑にござる。なにより南町にも御目付衆にも腕利きはおられましょう」

「いや、目付はさておいて南町に派手に居合を使って南部某を一撃のもとに斬り斃すなどという手練れはおらぬ。そのほう、あの夜、あの場に居たのはたしかであろうな」

「むろんおりました」

「それみよ。おぬしはあれこれと抗弁しおるが、結局出役を助けたのではないか」

「村崎季光どの」

「なんだ」

「それがしと番方がなぜあの場に呼ばれたか、経緯を思い出してくれませぬかな」

「わしが、なにかなしたか」

村崎が疑心暗鬼の顔つきで幹次郎に質した。

「もうお忘れか、なんともお気楽ですな。そなた様の手抜かりが原因でわれらふたりが廓の外に出張り、雪がちらちらと降る中、寒さに震えながら一夜を過ごしたのですぞ」

「わしが関わっておるのか」

「おや、いつまでもさような無責任なことをようも申されますか。そなた様がお縫なる娘を父親が病とは申せ、会所に話を通さずに揚屋町裏に入れたことが、きっかけではございませぬか」

「おお、あの一件は伏見町の壱刻楼の遣手の倅が娘を襲ったということで、そのほうがあやつといっしょに聖天町の仏具屋の家作に乗り込み、お縄にしておろうが」

「あやつとはどなたでございますな」

「同輩の桑平市松よ。分かっておるくせに」

「おお、そのようなこともございましたな」

「賭場の一件とお縫が襲われた騒ぎは関わりがない。にも拘わらずそのほうは、あの出役にしゃしゃり出て、派手な居合やら小出刃打ちを見せておる」

村崎が話を元に戻した。

「村崎季光どの」

「わしの姓名をわざわざ呼ばんでも話はできようが」

「お縫の父親は島原屋の吉原出店の番頭でしたな。その島原屋の主、喜左衛門があの賭場に出入りして多額の借財を作り、見せしめに殺されて地引河岸に骸が転がされてあった。そんな縁でそれがし、あの夜、番方とともに出役に呼ばれたのでござる。その後のお調べでも南部豪之丞頼義が島原屋喜左衛門を殺したと推察されるということですな。まあ、そんなこんながござって、われらふたりが雪の夜に震えて過ごすことになった。つまりはそなたが、お縫を会所の許しもなく廓内に住まわせたことがすべての源にござる。このこと、村崎季光どの、いささか反省してくれませぬか」

幹次郎の話は強引過ぎた。

修造が縫を襲った一件と、島原屋の主が出入りしていた賭場の手入れとはだれが考えても直に関わりがない。

「そのような理屈が通るのか」

村崎もそう抗弁した。

「筋がぴーんと通っております。そなたのためにわれらはあの夜呼び出されたのですぞ。お分かりですな」

幹次郎はここぞと声を大にした。

「うん、まあ」

「ならば今後とも会所と相協力して、師走にこれ以上騒ぎが起こらぬように努めましょうかな」

「まあ、そうなるか」

村崎同心は幹次郎の強引さに丸め込まれた。

「ようやくお分かりか。ならば御免」

幹次郎が村崎同心の前を離れて吉原会所に足を向けた。

「まあ、待て。理屈が通ったようで通っておらぬ。そなたがなぜわが同輩を手助けして、手柄を立てさせねばならぬ。どうも理屈が通らぬ」

幹次郎の背にぼやき声をかけたが、幹次郎はさっさと吉原会所の敷居を跨ぎ、
ぴしゃり
と腰高障子を閉ざした。

にやり
と小頭の長吉や金次らが笑った。

「なんぞ可笑(おか)しな話でもござったか」

「いえ、奥に七代目がお待ちです」

と笑いを嚙み殺した長吉が奥を指した。

「ならば通る」

幹次郎は佐伯則重を腰から外すと手に提げて奥座敷に向かった。

坪庭が雪見障子から見える座敷にはふたりの名主がいた。

青白い顔をした江戸町二丁目の名主相模屋伸之助と伏見町名主の壱刻楼蓑助だ。

ふたりの表情は対照的だった。

有馬屋敷の賭場で捕まった相模屋伸之助は三晩ほど南町奉行所の仮牢で過ごし、本日朝、四郎兵衛と仙右衛門が奉行所に身許引受人として出て、数寄屋橋(すきやばし)から身柄を引き取ってきていた。

一方、壱刻楼蓑助は遣手末の倅修造が縫を襲い、お縄を受けた責めを負うことに怒り狂っていた。

(なぜ私がこの場に呼ばれなければならぬ)

という苦虫を嚙み潰したような顔をしていた。

「壱刻楼さん、奉公人お末の倅が起こした騒ぎは、そなたには迷惑至極なことですかな」

「七代目、なぜ私がかような場に呼ばれねばならぬ、さっぱり分からぬ。お末の倅がなにをしようと、うちの奉公人が罪咎を犯したわけではない、外に住む馬鹿倅が偶々廓内で素人娘に抱きついたというだけの話ではありませんか。女郎を襲ったとなればまた話は別ですがね、それをなぜ主の私までが会所で叱られねばなりませぬ」

と蓑助が吐き捨てた。

「番方、どうですね、壱刻楼さんの言い分」

四郎兵衛が黙って控える仙右衛門に質した。

「へえ、お末の倅の修造はお末が遊女の錦木時代に産んだ子でございましたな、こんなことを壱刻楼の旦那に申し上げることではございませんな。とくとご承知だ」

「いかにもさようですよ、番方」

蓑助の言葉に頷いた仙右衛門がさらに語を継いだ。

「廓内で二十年以上も前、修造の父親はだれかと、噂に上ったことがございましたな。たしか若き日の壱刻楼の旦那もその噂のひとりでございました」

「番方、言うに事欠いて私がお末となんぞあったようなことを口にするなど無礼千万ですぞ」

「旦那、つい口が滑っちまった。ともあれ、噂が流れたことをふと思い出してねえ。ともかく壱刻楼の旦那が慈悲深かったおかげで修造はこの世に生を受けたことはたしかだ。その修造がね、おれの親父は壱刻楼の主と言うて回っているんですよ」

「なんですって、そんな馬鹿げたことはあり得ません。さようなありもしない噂を江戸町二丁目の名主さんが同席の場で口外するなど許せませぬ」

壱刻楼蓑助は、相模屋伸之助を横目で見たが、こちらはだいぶ奉行所で油を搾られたらしく、心ここにあらずの体で茫然自失していた。

「相模屋さん、しっかりしてくだされよ。博奕に嵌ったなんて男の甲斐性です。ふた晩や三晩奉行所の仮牢に泊められたからといって、そうしょげることもございませんよ」

と声をかけたが相模屋からはなんの反応もなかった。

「こりゃ、だめだ」

と見切りをつけたか、壱刻楼蓑助が、

「四郎兵衛さん、私は帰らせてもらいますよ。相模屋さんはお上(かみ)にお灸(きゅう)を据えられたお方、私とは、立場が大いに違いますでな」

　と言い放ち、立ち上がりかけた。

「壱刻楼の旦那どの、それがしからも話がございます」

　と幹次郎が壱刻楼の主の動きを制した。

「どういうことですね、神守様」

「それがし、会所に出る前に茅場町の大番屋に寄りましてな、修造の調べに立ち会いました」

　蓑助がじろりと幹次郎を睨んだ。

「どういうことですね、裏同心の旦那。私が伏見町の名主と承知の上で口を利きなされよ」

「むろん重々承知でございます」

　と応える幹次郎に四郎兵衛が、

「なんぞございましたかな」

「いえ、最前の話です。修造の父親がだれかという一件です。大番屋の調べでも修造自らが『壱刻楼蓑助がおれの父親』とそう公言しておりましてな」

「なんですと、そんな馬鹿げたことが」

「壱刻楼の旦那どの、しばしそれがしの話に耳を傾けてくれませぬか。話が疑わしいというのであれば、南町奉行所定町廻り同心桑平市松様に確かめられるとよいでしょう」

と釘を刺した幹次郎が、

「修造の言うことにも一理ある。いえ、あやつの父親が壱刻楼蓑助さんという話でございますよ」

「何度も前置きを繰り返すこともありますまい。手短に内容を告げなされ」

「いかにもさようでした。錦木が女郎を引くとき、遣手になったのは蓑助の旦那とわりない仲であったからだと、修造が言うております」

「そんな話は出鱈目（でたらめ）です」

「いえ、それがしの口ではない。修造が言うておるのです」

「ほうほう」

と四郎兵衛が合いの手を入れた。

「その証しに、お末を通して時折り修造に小遣いが渡されるそうな」

「そんなことはございません」

「壱刻楼の旦那、それがしの口ではない。修造が言うておるのです」

「ほうほう、それで」

「はい、七代目。修造はお縫を襲ったのが廓での初めての悪戯ではございませんでした」

「おや、だれを襲うておりましたな」

「伏見町の小見世（総半籬）真砂やの新造入江を蜘蛛道で犯しておりましてな、この一件、お末がこちらの壱刻楼の旦那に懇願して、真砂やとの間で、七両の償い金で内々に話がついておる」

「神守様、会所はさようなことを知りませんぞ」

四郎兵衛の言葉は険しかった。

「修造が奉行所の厳しい調べに吐いたのです。全くの出鱈目とも思えません。南町ではうちに裏づけを取るように願っております」

「さあて、どうしたもので」

四郎兵衛が壱刻楼蓑助を睨んだ。

蓑助は最前の勢いはどこへやら、相模屋伸之助と同じように青菜に塩の真っ青な顔に変わっていた。

「のちほど真砂やの平蔵さんを会所に呼びなされ」

「へえ」

と心得たように仙右衛門が返事をした。

「ま、待っておくれ。四郎兵衛さん、真砂やとはすでに話がついているんだ。それをなにも蒸し返すことはあるまい」

「壱刻楼さん、廓の中で新造が犯されたなんてことをこの会所に知らせずに、壱刻楼さんと真砂やさんとで直に話をつけなすったか。えらく吉原会所の面目をないがしろにしてくれましたな。うちは町奉行所より依頼を受けて廓の中の諍いはすべて取り仕切る決まり、仕来たりです。そいつを壱刻楼さんは勝手に真砂やさんと金で話をつけられた。この一件、町奉行所ではどうするおつもりですな」

四郎兵衛が幹次郎を見た。

「修造の調べは吟味方が当たりましたが、未だこの吉原を仕切る隠密廻りには話がいっておりません。隠密廻りにいくとなると、会所も壱刻楼も真砂やもただでは済みますまいな」

「それは困った」

と腕組みした四郎兵衛が両目を閉じて黙考した。

しばしの間があって、

ぎろり
と瞼（まぶた）を開き、壱刻楼蓑助を睨んだ。

「蓑助さん、おまえさん、伏見町の名主でしたな。名主が廓内の触れごとを破ったのです。相当の覚悟をしてもらいますよ」

「し、七代目、わ、悪かった。真砂やを引き込んで内緒で話をつけるべきではなかった。奉行所が動く前になんとか手を打ってくれませんか」

壱刻楼蓑助が四郎兵衛に哀願した。

「神守様、どうですね。そなた様の力で事を穏便に処置していただくわけには参りませぬか」

四郎兵衛の頼みごとを幹次郎はしばし沈思したのち、

「動いてみます」

と請け合った。

「よし、相模屋さん、壱刻楼さん、そなた方は楼に戻っておりなされ。よいか、下手な動きをなさると、吉原そのものに悪い影響が出かねませぬ。そうでなくとも紋日が多過ぎて、吉原は客足が遠のいたままです。この折りに、おふた方の所業が明るみに出ると、町奉行所の無理難題になんとも抗いようもない。宜しいか、おふたりして吉原が存続することだけを願って、とくと考えなされ」

とふたりに辞去するように促した。

なにか言いかけた相模屋伸之助が、口を閉ざして悄然と壱刻楼蓑助とともに奥座敷を出ていった。

奥座敷に三人が残り、引手茶屋の山口巴屋との仕切り戸から吉原の総名主三浦屋四郎左衛門が姿を見せた。

「ご苦労にございましたな。これであのふたり、もはや紋日を元に戻すことに反対はしますまい」

「残るは角町の池田屋哲太郎さんだけですか」

「もはやひとりでは反対し切れますまい。もしどうしても反対と申されるのならば、いささか池田屋の弱みも握っていないわけではございませんでな」

三浦屋四郎左衛門が言い、幹次郎を見て、

「なんともご足労にございました」

「いえ、これがそれがしの務めにございます。佐伯則重、なかなかの切れ味にございました」

と幹次郎も四郎左衛門から頂戴した相州正宗十哲のひとり佐伯則重鍛造の剣の

使い勝手を告げた。

「年内に七人の名主を集め、来春から紋日を元へと戻します。ですが、それだけで客足が戻るかどうか」

と吉原一の妓楼の主の声は未だ憂いに満ちていた。

第五章　米の字剣法

一

道場仕舞いの日、神守幹次郎は下谷山崎町(やまざきちょう)の津島傳兵衛道場の朝稽古に参加することにした。このところ吉原会所はばたばた続きで稽古に通うことができなかった。

門を潜ったところで師範の花村栄三郎(はなむらえいざぶろう)にばったりと出会った。

「おお、神守どの、吉原は多忙で道場通いどころではなかったようですね」

「師範、まあ、そんなところです」

「商い繁盛、なによりでござろう」

「それが客足は少なく、その分、会所が走り回る務めばかりでござった」

「えっ、御免色里の吉原に客が来ないのですか」

と若い声がして、井戸端に水を汲みに行っていた重田勝也がふたりの話に加わった。

「勝也め、吉原の話となると目が変わりよる。せめてその半分なりとも稽古に熱心であればよいがな」

花村が嘆いた。

だが、勝也のほうは幹次郎に歩み寄って、

「なぜ吉原の景気が悪いか当ててみましょうか」

と能天気にも言葉を吐いた。

「ほう、重田勝也どのは吉原の不景気の原因を察しておられますか」

「寛政の改革が因でしょう。いわゆる奢侈禁止の触れです、あれはだめこれはだめと、お金のかかるところにはお上の目が光っている。老中松平定信様も困ったものです。世の中には分限者がいて、われらのように懐にいつも空っ風が吹き抜けている部屋住まいの貧乏人がいる。これは致し方なき仕儀でございましてな、どのような時代にも金持ち一分、貧しき者九割九分が世の習わし、貧乏人には奢侈禁止など無用のことです。金持ちしか金を使わぬのにそれがだめとなると、世間に金は回りませぬ、これは不変の理です。このことが吉原の不景気の源です。ともあれ、政の手立てを変えるしかない。いや、幕閣を総とっかえするしかないか」

勝也は長広舌を得意げに振るった。

「どうです、当たりでしょう」

「半分は当たっていましょうな」

「半分とはどういうことです」

勝也が憤然と幹次郎に言い返した。

「吉原に客が来ない理由の背景は、勝也どのが申された通りでしょう」

「ほれ、それがしの考えの通りだ」

「そこで妓楼の主方は考えられた。ふだんより値の高い紋日を増やせば、売り上げは上がるとな」

「えっ、登楼する日によって値段が違うのですか」

「違います」

「驚いたぞ、気をつけねばならぬな」

勝也は独り合点した。

「紋日が増えた当初はよかった。だが、値の張る紋日が繰り返されると客足が遠のいた。つまりは紋日が多くなったことが災いして自らの首を絞めた」

「えっ、いい、もんびが多くなって客が来ないとはどういうことです。まずもんびってなんでございますか、神守様」

勝也の興味はいつまでも続きそうだった。

「勝也どの、まずは道場の掃除をするのが先かと存ずる。稽古が終わったあと、関心がおありならば懇切丁寧に説きます」

幹次郎が掃除の手を休めて朝っぱらから吉原の話をさせようとする勝也を制した。

「このところ若い新入り門弟が三人ほど入門しましてな、掃除はわれらより彼らに任せておけばよいのです。それより世間を学ぶために神守様の話を聞くことも修行のひとつでござろう」

と言い張る勝也の背後に津島傳兵衛が静かに立った。

「吉原の話が剣術修行のひとつとは寡聞にして津島傳兵衛、知らなんだ。教えてくれぬか、勝也、その理をな」

あくまで平静な言葉に重田勝也の体が、

きゅっ
と音を立てたように縮まり、

「あ、あの、い、いえ、津島先生、それはそれがし独自の考えでございましてな。理の披露はまたの機会にさせていただきます。御免」

慌てて答えた勝也が桶を提げて道場に飛んでいった。

「神守どの、若い門弟の言葉お許しくだされ。朝一番から気分を害されたのではござらぬか」

「津島先生、勝也どのの年ごろならば吉原や四宿のことに興味を抱くのはごくごく普通のことにございましょう」

と幹次郎が笑った。

「商い繁盛ならず。神守どの、身辺多忙を極めておるか」

と思わず漏らした傳兵衛の言葉に師範の花村が、

「先生、門弟が回し読みしていた読売に大身旗本の下屋敷の賭場の手入れに吉原会所が関わっておるとの噂が載っておりました。吉原が加わっておるとなると、むろんわれらが神守幹次郎どのを措いて、かような出番は余人には務まりますまい」

「おお、そうであったな。二天一流の遣い手を後の先で斬って落としたそうな、だれぞが噂しておった」

傳兵衛と言い合った。

「先生、師範、皆様方のお耳を穢すことになり申し訳ございませぬ」

「やはり神守どのであったか」

「花村師範、それがし、穢れた身で道場に立ち入ることを恐れておりました。年明けに出直して参ります」

「それは困りますぞ。久しぶりに神守幹次郎どのの剣風を見ることができると、われら楽しみにしておるのですからな。そなたが巷で刀を振るうのは世のため人のため、世直しの剣です。そなたはどのような修羅場を潜ろうと、不思議なことに五体から血や死の臭いを感じさせぬ、不思議なお方だ」

「津島先生、正邪を弁えた剣ゆえでございましょう」

「師範、それそれ」

傳兵衛と花村栄三郎が掛け合うのを幹次郎は困惑して聞いていた。

「おお、師範、われらも勝也と同じ愚なる話で神守どのに迷惑をかけておるぞ。まず道場へな、案内なされ」

ようやく幹次郎は道場へと通され、稽古着に替えて道場に立った。
師走の道場はすでに掃除が終わり、神棚の榊も水も新しいものと替えられていた。ために道場に清々しい空気が漂っていた。
「お早うござる」
津島傳兵衛が四、五十人の門弟衆に声をかけ、幹次郎らも返礼した。
「本日、寛政二年の道場仕舞いの日を迎えることができ申した。最後の最後まで気を抜くことなく稽古に努めましょうぞ」
との道場主の短い挨拶のあと、稽古に入った。
幹次郎は木刀を手に剣術の基となる四つの形を丁寧におさらいした。その四つとは、
真っ向幹竹割り
胴抜き
袈裟斬り
逆袈裟
であった。
この四つの形をなぞれば、人が生きるために大事な、

「米」

という字になると子どものころ、剣術の手解きをしてくれた厩番の長が幹次郎に教えてくれた。豊後国岡藩の下士の住む長屋であった。

そのことを思い出し、幹次郎は剣術の根本の形をなぞった。ゆったりとした動きであった。

「神守様、えらく古風な形にございますな」

幹次郎が動きを止めたのを見ていた重田勝也が興味を示して訊いた。

「それがしが子どもの折り、西国豊後で教えられた剣術の基です。今どきの江戸では流行りますまいな」

幹次郎は厩番の長の教えを思い出し勝也に告げた。

「なになに、真っ向幹竹割り、胴抜き、袈裟斬り、逆袈裟の四手が剣術の基ですと、たしかに四つの形を組み合わせると米の字になるな」

と感心したように勝也が木刀で繰り返した。

「神守様、もはやかような教えは廃れたも同然です。ただ今の剣術は駆け引きと迅速にございますでな」

勝也のしたり顔の解説に幹次郎は笑顔で頷き返した。

「米の字を木刀で描くよりそれがしと稽古してくだされ」

勝也の願いにふたりは、木刀を竹刀に替えて立ち合った。

「ちょっとお待ちを」

といったん対峙した構えを解くと、勝也が壁際に立つ若い新入り門弟を手招きした。

「神守様、この者たちが新入りにございます。まずこののっぽが伏見専三、十七歳。続いてちびが二宮克五郎、十六でございまして、いささかでっぷりしたほうが深作精次郎、十七にございます」

と三人を幹次郎に紹介し、

「神守幹次郎様は津島道場の門弟ではない、客分である。われら道場剣法とは違い、修羅場を数多潜り抜けてこられたお方だ。よいか、そなたらも二、三年辛抱できれば、本日のそれがしのように神守様に稽古をつけてもらえよう。本日の道場仕舞いの日に神守様と重田勝也の稽古を見物できる幸せをとくと思え」

と訓戒するように言い、

「お待たせ申しました」

と幹次郎に向き直って一礼し、正眼に構えた。

「お願い申す」

と受けた幹次郎も相正眼で受けた。

道場にぴーんと緊張した空気が走った。

その空気に勝也が反応して、

「ええいっ、おお」

と自らを鼓舞するように気合を発し、一気に踏み込みざまに面打ちを放った。

幹次郎はなかなか力が籠った面打ちの竹刀に軽く合わせると、勝也は迅速な胴打ちに変化させた。

むろん幹次郎に見透かされた胴打ちは弾かれた。

一瞬、ぱっと間を空けた勝也が瞬時に踏み込んできて袈裟斬りに竹刀を振るった。

ばしり、と音を響かせて袈裟斬りを叩き流した幹次郎は、勝也が最前の独り稽古の形をなぞって攻めていると分かった。

予測通りに続いて逆袈裟が来た。

幹次郎は竹刀を使うこともなく勝也の内懐に入り込み、軽く肩で勝也の胸を押すと、勝也の体が後ろに吹き飛んで、

どさり

と尻から道場の床に崩れ落ちた。

勝也はなにが起こったのか分からない様子で床に打ちつけた尻を撫でた。

「これは失礼をした」

勝也は自分が床に尻餅をついていることを知り、慌てて立ち上がった。だが、その手に竹刀はなかった。

「重田勝也さん、竹刀はこれに」

新入りの二宮克五郎が床に転がった竹刀を拾い、勝也に差し出した。

「神守様と久しぶりの稽古で油断をした」

と言い訳しながら竹刀を受け取った勝也に克五郎が、

「竹刀を反対に持っておられます」

と注意した。

「わ、分かっておる。いいか、他人に道具を差し出すときは柄のほうを相手に差し出すのだ」

勝也は文句を言い、幹次郎に向き直った。

「どうです、米の字を書くのも意外と大変でしょう」

「だれにでも分かります。津島道場で身についた技で稽古を致しましょうか」

「あれ、承知でしたか」

「はっ、はい。それなれば四半刻でも続けられます」

元気を取り戻したか、大言壮語した勝也は、数瞬後に床に這っていた。

「重田勝也、そなた津島道場で身につけたのは大口だけか」

師範の花村に怒鳴られた勝也がすごすごと壁際に引き下がり、

「存分に稽古を見せてもらいました」

と新入り門弟の伏見に言われ、

「今日は出足から調子を狂わされた」

と言い訳をした。

「出足から最後まで重田勝也流のよいお手本にございました」

小太りの深作にまで皮肉を言われた勝也がさすがに悄然として顔を伏せた。

幹次郎は勝也のあと、古手の門弟衆と稽古を行った。

道場仕舞いの稽古は二刻（四時間）続き、終わった。

いつもなら酒とスルメなどが出るのだが、津島傳兵衛が、

「道場仕舞いの日にな、それがし、所望したきことがある。神守どの、勝也が真似た剣術の基、四手を真剣にてご披露願えぬか」

と驚いたことに幹次郎に願った。

「津島先生、西国に伝わる古流を思い出して使ってみただけでございます。津島先生をはじめ、お歴々の前で行うほどの技ではございませぬ」

「いや、古流の中にわれらが日ごろ精進する剣術の神髄があるとそれがし、拝見したた。ぜひに」

津島傳兵衛の願いに幹次郎は覚悟を決めた。すると、津島に命じられていたのか、二宮克五郎が幹次郎の佐伯則重を、

「先生の命にて勝手ながら神守様のお刀に触りました」

と差し出した。

「道場においては津島傳兵衛先生の教えと言葉がすべてにございます」

と幹次郎が答えた。

「神守どの、初めて拝見する刀ですな」

傳兵衛が幹次郎の刀に関心を寄せた。

「相州五郎正宗の高弟正宗十哲のひとり、佐伯則重作刀と聞き及んでおります」

「なに、正宗の高弟の佐伯則重ですか。それは拝見致したい」

と傳兵衛が願った。

傳兵衛が両手で則重を掲げ、虚空に向かって鞘尻を上げてゆっくりと抜き上げた。

刃長二尺四寸二分（約七十三センチ）。地鉄大板目が荒々しくも品があり、刃文は小乱れであった。

じいっ、と則重を見ていた傳兵衛が、

「ううっ、見事なり、則重」

と呻いた。

「いささか曰くがあって廓内の大見世三浦屋の刀簞笥に眠っていたものです。それがし、主の四郎左衛門様より頂戴したものにございます」

「三浦屋の刀簞笥にな」

どことなく得心した傳兵衛が、

「この一剣、相州正宗より越中義弘の匂いが致す」

と独白した。そして、

「いずれにせよ、神守幹次郎どのの腰に相応しい一剣、眼福にござった」

と鞘に納めて幹次郎に返した。

幹次郎は則重を稽古着の帯に差し、神棚に向かって気持ちを新たにするように瞑目した。

目を見開いた幹次郎は道場の中央に歩み、ふたたび見所と神棚に向かって一礼した。

「真っ向幹竹割り」

と道場に響く声で告げた幹次郎がゆっくりと則重を抜き、上段に振りかぶって米の字の縦棒を虚空から床へと垂直に振り下ろし、

「胴抜き」

と告げながら横棒を走らせた。

一点一画、ゆったりとした動きながら一瞬の弛緩もない。

道場の空気を縦横に斬り割った則重が、袈裟斬り、逆袈裟で一転光になって迅速に使われ、米の字が完成した。

虚空に描かれた米の字に、津島傳兵衛道場は森閑として声もなかった。

寛政二年の道場仕舞いの稽古は、神守幹次郎の演武をもって終わりを告げ、さささやかな宴に移った。

二

幹次郎は、浅草寺雷門(かみなりもん)から仲見世を抜けて吉原に向かおうとした。

幼き時分に見覚えていた古流の形を披露したあと、一杯だけ酒を頂戴し、津島傳兵衛と門弟一同に挨拶して道場をあとにしてきた。

表口まで重田勝也が見送りに来て、

「神守様、来春早々に会所を訪ねてようございますか。それがし、も、もんびがどのような意か分からず仕舞いで年を越すことになりました。いささか気分がよくございません」

と囁きかけた。

「そなたは津島道場に住み込みの身です。津島先生のお許しを得た上ならいつでもお出でくだされ」

「先生のお許しか」

勝也ががっかりとした顔をした。だが、なにかを思いついたように、

「神守様は新居に引っ越されたと聞き及びました。吉原ではのうて、神守様の新

居に伺うのはどうでしょう。新居祝いにお訪ねするのです。これなれば、知り合い同士の挨拶です」

と言い出した。

「あれこれ、考えますね。ともかく先生か師範の許しを得た上で、参られる折りは前もってお知らせください」

「致し方ない、そうします」

と勝也が渋々得心し、

「よい年をお迎えください」

と送り出してくれた。

幹次郎は稽古のあとの一杯の酒の酔いを醒ますようにゆっくりと歩いて浅草寺門前へと差しかかった。すると雷門の下に南町奉行所定町廻り同心桑平市松の姿があった。

町廻りの途中というより幹次郎を待ち受けていたようだった。

「神守幹次郎という御仁とそれがしの縁は浅草寺が取り持ってくれた。最前、そなたの家を訪ねて、小女から津島道場に朝稽古と聞いて、こちらで帰りを待ち受けておった」

とその理由を説明すると、

「例の有馬屋敷の出役のあと始末じゃがな。神守どののおかげで、うちはほぼ片がついた」

と言い足した。

なんとなく桑平の顔が晴れやかなのはそのせいか。

「それはようございました。一方の御目付衆は年越しですか」

「来春の松の内明けに始末がつけば上々吉」

賭場の客には幕府の要人、大身旗本、僧侶が交じっており、御目付は寺社奉行と連絡を取りながらの調べとなる。

年越しは致し方ないかと幹次郎も得心した。

ふたりは仲見世を歩きながら話を続けた。

「島原屋の主喜左衛門を殺したのは、推測通りそなたが始末した南部豪之丞であった。代貸の菊三郎も加わって有馬屋敷で殺されて、骸は船で夜の内に日本橋川の地引河岸に運んで捨てたそうな」

「これで菊三郎も島送りでは済まなくなりましたか」

菊三郎に自白させる代わりにお上にお慈悲を願ってやるとの約定が反故(ほご)になっ

たか、と幹次郎はそのことを気にした。

「そなたらの手に落ちていた菊三郎だがな。あやつ、大木戸の六造の悪事のすべてを承知ゆえ、ただ今六造らとは別の場所にて手厳しく取り調べを進めておるが、まあ、こちらもあと始末がすべて終わるのは来春かのう。あらかたは判明しておるで、六造らの罪咎が決まるのは春先だな」

という割には桑平市松の顔はのんびりとしていた。

「喜左衛門のように博奕におぼれて、六造の賭場に借金がある客が何人もおりましてな。金が払えなければ店の沽券を差し出せと脅されておったのです」

「その者たちが借財を払うか店の沽券を差し出すように、喜左衛門は見せしめに殺されましたか」

首肯した桑平が驚いたことを口にした。

「賭場の借りを返せぬ客三人の眼前で喜左衛門は殺されておった。そのあと、客のふたりは店の有り金を搔き集めて支払い、ひとりは身内を連れて江戸から逃げ出しておりました」

「驚きましたな」

「驚くのは早うござる。大木戸の六造め、賭場の上がりがひと晩に千両近くになることがあったそうな。あやつは家の隠し蔵に三千数百両の金を貯め込んでおりました。その上、あの夜の賭場の上がりの金子が加わり、四千三百二十三両を押収したことになる」

「その大金、どうなるのでございますか」

と幹次郎が訊いてみた。

「まあ、大半が南町から勘定方に差し出されるのであろうな」

桑平が曖昧に答えた。

「菊三郎の身柄といっしょに差し出した六百五十両はどうなります」

桑平がその問いには答えず、本堂前で参拝客が上げた線香の煙を手ですくい、顔から胸の辺りに擦りつけ、

「来春も無事息災に務めが果たせますように」

と願った。

幹次郎も桑平を真似た。

ふたたび本堂を迂回して奥山へと歩き出した桑平が幹次郎に向き直り、

「あの金子は年番方与力木塚様の裁量でな、南町の探索の費えに繰り入れられることになった。念のため申し上げるが、われらが呑み食いの費えではござらぬぞ、

神守どの」

「さようなことは考えてもおりませぬ」

「さようか」

にっこりと破顔(はがん)した桑平が、

「そなたらが代貸の菊三郎の口を割らした折りに約束した一件だが、あやつの命は助けることにした。来春早々に八丈島(はちじょうじま)送りに致す」

菊三郎は、大木戸の六造と客の秘密をそれだけ握っていたということではないか。幹次郎は大きく頷き返した。

「島原屋の大番頭美蔵じゃが、島原屋の売掛金を急ぎ集めて吉原の出店に残っていた二十一両一分を加えた百十数両の金子を懐に深夜の六郷川(ろくごうがわ)を密かに川渡りしようとしたそうな」

「吉原を訪ねてきた日のことですな」

「そういうことです。むろん六郷の渡しは明け六つ（午前六時）に一番船が出て、暮れ六つ（午後六時）に仕舞い船が出る仕来たりだ、渡しは終わっております。だが、厄介を抱えた連中は、夜間密かに川漁師などに願って川渡りをなす。このような無法を行う連中には、客の懐を狙って流れの上で殺して、そのまま骸を流れに投げ込む者がおる。美蔵はこやつらに殺られたとみえて、骸が大師河原の棒杭に引っかかっておった。この始末の仕方を見た土地の御用聞きが、川漁師の犬八を捕まえてみると、船小屋から百両もの金子と書付が出てきて美蔵の身許が割れたというわけでな、うちに連絡が入った」

「そうでしたか。大番頭までさような目に遭いましたか」

「天網恢々疎にして漏らさずというて、よいのかな。悪事は決して得はせぬ見本のような話だ」

「老中松平定信様は、奢侈禁止を厳しく口になされておる。ために吉原から客足が遠のいております。六造の賭場はなかなかの盛況でございましたな、あるところには金はあるもので」

「博奕は遊びでござる。店の金や年貢米を何年も先まで札差に借りてまで博奕にのめり込むものではなかろう。そのような金が賭場に集まり、六造のような渡世人の懐を肥やしていたわけだ。苦し紛れの愚策がかような世の中を生み出しておるとも言える」

「賭場に屋敷を貸していた有馬右京太夫どのはどうなりますな」

「そちらは目付の掛だな。まず有馬家取り潰しは免れまいな」

と桑平がだれもが考えつきそうな答えをして、

「押収した金子の額が多い割には、これから実にみみっちい話になる」

「なんでござろう」

「年番方与力木塚様がお奉行池田長恵様と話し合われた末のことでござる。そなたと番方仙右衛門に五両が下げ渡された。何百両だ、何千両だと数字を挙げたあとに五両を差し出すのは、ちと辛い」

と桑平が顔を歪めながら、包金(つつみきん)の表に幹次郎と番方の名が書かれ、さらに麗々(れいれい)しくも、

「南町奉行池田長恵」

と認められたものを懐から出した。

「われらに報奨金(ほうしょうきん)ですか」

「まあ、口止め料とも言えぬことはない」

「ならば会所を訪ねられるとよかったのに」

「大門には隠密廻りの村崎季光が控えておろう。あやつ、それがしが吉原会所に出入りしておることを快く思っておらんでな、そなたがこたびの一件に力を貸したと知ったらまた厄介になる。ゆえにかように雷門で待ち伏せしておった」

と桑平が言った。

「頂戴して宜しいので」

「頼む。受け取ってくれ」

「桑平どのにはご褒美(ほうび)はなしですか」

「それがしも奉行の池田様からお褒めの言葉と格別に五両頂戴した。年の瀬に五両は助かる。本日は大威張りで役宅(やくたく)に戻れる」

と定町廻り同心がにんまりと笑った。

「ようございましたな。われらも有難く頂戴します」

「繁蔵とお縫の一件は一切表に出てこぬように始末した。繁蔵、来春の桜が見られるとよいがな」

「なんにしても柴田相庵先生とお芳さん頼みだ。お縫のためにも繁蔵が一日でも長生きすることを願っておきます」

頷いた桑平が足を止め、

「今年も本日を加えてあと二日にござる。今年はそなたに世話になった。それがしが暮れに奉行直々に報奨を頂戴できたのも神守幹次郎どののおかげだ。来年も宜しゅう願う」

と幹次郎に真面目な口調で言った。

「桑平どの、よい年を」

「神守どのも来春が幸多き年の始まりでありますように」

頷き合ったふたりは奥山の一角で左右に別れた。


大門前に師走の日差しが穏やかに落ちていた。

この二、三日、村崎季光と顔を合わせていなかった。その代わりに若い隠密廻りが面番所の前で立っているのを見かけた。

（なんぞあったか）

と思いながら大門に一歩足を踏み入れると、青白い顔に無精髭の村崎が、これこれ、という手つきで幹次郎を招いた。首筋に綿を入れた白布を巻いていた。

「このところお姿を見かけませんでしたが、どうなされた」

「鬼の霍乱（かくらん）じゃ、風邪を引いた。他人に移すと治ると八丁堀の藪医者が言うで、そなたに移すことにした」

幹次郎は飛び下がり、間を空けた。すると村崎が、
こほんこほん

と一頻り咳をした。

「ひどうございますな」

「ひどい。熱は出る、鼻詰まりはする。咳もかようにに出る。もそっとこちらに寄られよ」

「お断わり致す」

「八丁堀で寝ておると、吉原におるよりあれこれと情報が耳に入ってくる。そなたの武名、南町奉行所内で轟いておるそうな。隠密廻りの同心よりなんぼか役に立つというてな、面番所などは要らぬという声もある」

苦虫を嚙み潰したような顔で村崎が言った。

「おや、なぜでございましょう」

「なぜじゃと、白々しい。そなたが派手な居合など年番方与力の木塚様の前で披露したゆえ、それがしの影が薄くなったのだ」

「それはいけませぬな」

「なにがいけませぬだ。いいか、今後、南町と付き合う折りは、この村崎季光を通せ。よいな」

と怒鳴った途端に村崎は咳が出て、鼻水まで垂れてきた。

「おお、これはひどい。村崎どの、若い同心どのにあとは任せて役宅にお帰りくだされ。それがし、年の瀬にそなたから風邪はもらいとうござらぬ」

幹次郎は言い残すと、会所に駆け込んだ。

戸を閉めても大門前の村崎の咳が聞こえてきた。

「当人が鬼の霍乱と言うくらいだ、間違いねえや。神守様の申される通り、八丁堀で寝ているがいいや、若い同心の井沼竹鶴様のほうがなんぼか話が分かるぜ」

小頭の長吉が言った。

「そう申すな、小頭。村崎様は村崎様で、なかなか会所に貢献しておられる」

幹次郎が言うところに奥から声がかかった。

奥座敷に通ると四郎兵衛と仙右衛門が幹次郎を待ち受けていた。

「遅くなりました」

「大晦日が明日というのにかように静かな年の瀬もございませんな。津島道場に稽古でございますかな」

「本日、道場の稽古仕舞いでございまして出て参りました」

「それはなによりです」

幹次郎は浅草寺門前で南町奉行所定町廻り同心桑平市松と出会い、聞かされた話の細々をふたりに伝えた。

「大木戸の六造、貯め込んでおりましたな。有馬屋敷の賭場はよほど客筋がよかったとみえる」

「そのせいで年の瀬にあちらこちらがあたふたとしておりましょう」

四郎兵衛と仙右衛門が幹次郎の話を聞いて言い合った。

「菊三郎が持ち逃げしたはずの六百五十両は南町の探索の費えになりますか」

「番方、お上の役に立てばまあ致し方ございますまい」

仙右衛門の言葉に四郎兵衛が頷いた。

幹次郎は懐からふたりと南町奉行池田長恵の名が麗々しく記された五両入りの包金を七代目の前に差し出した。

「南町奉行池田様からの報奨金五両にございます。桑平どのが少なくて、と恐縮しておりました」

ふっふっふふ

と四郎兵衛が笑い出した。

「神守様が命を張った行いが番方と折半の二両二分ですか」

「わっしはなにもしてませんぜ。その五両は神守様の働きだ」

四郎兵衛と仙右衛門が掛け合った。

「いえ、それがしの力だけではござらぬ。番方に大いに助けられた。ところで相模屋の旦那の一件はどうなりましたな」

「おう、それだ。三浦屋さんから知らせが入りました。池田屋の哲太郎さんが紋日を元に戻すことに納得したそうで、五丁町の名主七人の総意で来春、というても正月二日からですが、紋日を旧に復して客足を取り戻しますよ」

四郎兵衛が満足げに言った。

「番方、ほれ、見なされ。番方の働きはかくも効き目があったのじゃ」

「というてもな、どうしますな、この五両」

仙右衛門が幹次郎を見た。

「それがしと番方が呑み食いに使えばそれまでだ。紋日が元に戻ることを世間様に知らせる費えに使うというのはどうですね。せっかくお奉行からいただいた五両でなにができるか考えませぬか」

「ほう、考えましたな」

幹次郎と仙右衛門の話を四郎兵衛が、
う、うん

と唸って訊いた。

「神守様、なんぞ考えがございますかな」

「残念ながら直ぐには思いつきません」

「紋日変更は正月二日からです」

と四郎兵衛が念を押し、

「四郎兵衛様、われらが頂戴した五両、勝手に使うてよいですか」

と幹次郎が問い返した。

「ふたりの働きを吉原が横取りするようですが、神守様のお気持ちが嬉しいじゃございませんか。ふたりで精々知恵を絞ってくだされ」

七代目が五両の使い道を好きにすることを許した。

しばし黙考していた幹次郎は、

「いささか思いついたことがございます。しばし中座させてくだされ」

とふたりに願い、会所の裏口から出ると天女池に蜘蛛道を伝って向かった。

野地蔵の前に座って、薄墨こと加門麻と禿のふたりが合掌していた。

押し詰まった師走の昼下がり、ふたりの女の周りに静かな時が流れていた。

幹次郎は、ふたりが醸し出す静寂を邪魔せぬように歩み寄ると、麻が気づくのを黙って待った。

三人の男女の間に奇妙な時が移ろい、

「神守様」

と麻が振り返らずに言った。

禿が驚いて後ろを振り返った。

「邪魔を致しましたか」

「いえ」

と立ち上がりながら振り向いた加門麻に、

「お願いがございます」

と幹次郎が話しかけた。

三

いったん会所に戻った幹次郎は、四郎兵衛に断わり、ふたたび外出をした。それを見ていた面番所の村崎同心が、

「なにやら慌ただしく動き回っておるではないか。おぬし、新たなことを画策しておらぬか」

　と風邪声で質した。

「おや、未だ面番所におられましたか。すでに八丁堀に戻り、休んでおられるかと思うておりました」

　風邪を移されぬように距離を置いたまま、幹次郎が問い返した。

「師走のこの時節、吉原になにが起こってもいかぬ。風邪くらいで休めると思うてか」

　力ない言葉ながら殊勝にも村崎が反論した。

　幹次郎が黙って村崎を見ていると、舌打ちをして、

「役宅に戻ったところで老母と嫁に愚図愚図といびられるだけだ、おちおち寝た気もせぬ。そなたの汀女先生とは大違いじゃぞ、どうしてそなただけに見目麗しい女が近づくか、分からぬ。それはともかくわしは、面番所にくすぶっておるほうがまだよい」

　と吐き捨てた。

「村崎どのも苦労されておられるのですね」

幹次郎の同情の言葉をまともに受け取った村崎が、

「当たり前だ。で、なんで走り回っておる」

と最前の問いを思い出したか、幹次郎に尋ねた。

「それがし、越権とは存じております」

村崎季光が幹次郎に歩み寄ると袖を握った。

「それがいかぬ。おぬし、また桑平に頼まれて動いておるのではないか」

「違います」

「ではなんだ」

「明日は大晦日、明後日は新玉の正月を迎えます。年末師走と吉原の書き入れどきにも拘わらず、客の数が少ないと思いませぬか」

「ご改革の最中だ、奢侈禁止のお触れも出ておる。だれも金を使うところに出かけてお上に目をつけられたくないであろう。致し方ないわ」

「とばかり言うておられると、面番所の費えすら出せなくなります」

「そ、それはまずいぞ。北町のほうは致し方ないとして、われらが南町には出すものは出してくれねば困る」

「ゆえになにか客足が増える企てはないかと、さるところに相談に参るのです」

「そのようなことは妓楼の主や引手茶屋の女将が考えることだぞ」

「ゆえに最初にいささか分を越えておると申しました」

しばし幹次郎の顔を、じいっと見ていた村崎が、

「おぬし、なんぞ知恵があるのであろうな。無暗に動いても却って吉原のためにならぬぞ、分かっておろうな」

「仰せごもっともにござる。ゆえに相談に行くところです。あまりそれがしを引き止めると、村崎どのの御手当が減らされますぞ。面番所の費えは、元来会所が出すべきものではございますまい。格別の手当や三度三度の膳をやめて、費えを削減する。不必要な費えを減じるのは、景気が悪いときの立て直しの基でございますでな」

「じゃから困るというておる、吉原からの賂、もといお助け金はわが暮らしの中に組み込まれておるのだ。神守幹次郎どの、なんぞ思案と知恵を巡らし、早く策を講じよ」

「かように引き止められたのでは、村崎季光どの」

袖を離した村崎が言った。

「は、早う行け」

「ならば御免」

と幹次郎は、大門を出て五十間道を進み始めた。その背を、じいっと村崎同心の目が追っていた。

表と裏の同心がやり取りする光景を会所の中から長吉が見つめていて、

「村崎季光同心、神守様の意のままだぜ」

と思わず感嘆した。


幹次郎が訪ねたのは、呉服町新道だった。

このところ、この新道には吉原会所は縁があった。むろん吉原に出店を出していた島原屋喜左衛門の呉服屋があったからだ。

幹次郎は表戸が閉じられた島原屋の前でしばし足を止めて、だれが今この店の沽券を所有しているのか考えた。

大木戸の六造の賭場で博奕の借金の形に奪い取られた沽券だ。当分、表に出てくることはあるまいと思った。

奉行所の調べが終わり、一連の騒ぎが鎮まったころ、沽券を懐にした第三の人物が現われる。その人物はもはや島原屋のしの字も関わりがない人物であろうと思った。

「おや、未だ島原屋の調べが残っておりましたかえ」

と声がして読売屋『世相あれこれ』の主の浩次郎が幹次郎の前に立った。

「潰れた呉服屋に用事ではない。そなたのところを訪ねてきたのだ」

「ほう、わっしのところにね」

と応じた浩次郎が、

「新堀川の騒ぎ、神守様が一枚噛んでいるならいるでさ、なぜうちにお知らせがないんでございましょうな。神守様とは吉原大門前の走り合い騒ぎ以来、それなりに昵懇の付き合いと思っておりましたがな。わっしの勘違いでしたか」

と皮肉を言った。

「浩次郎どの、有馬屋敷の賭場の手入れはあくまで南町奉行所と御目付の出役。それにいささかわけがあって、それがしと番方が助勢に回ったのだ。そのような立場の者から話を外に漏らすことができようか」

「と、聞いておきますか」

「そなたのところとて、それなりに書き立てて読売を売ったのであろうが。『世相あれこれ』の内容と売れ行きが一番と巷の評判じゃぞ」

「ちぇっ、これだ。知らせてくれれば、なにがしか神守様の懐を黄金色で潤したのですがね。もっともこの手は吉原会所の裏同心様には使えないか」

と独りで言い、得心した浩次郎が、

「で、うちに用事とはなんですね」

「そなたのところは忙しいか」

「師走も押し詰まっておりましょう。それなりに忙しゅうございますよ。ただ今も紙屋に支払いに参ったところでな、懐がすっからかんになりました。なんぞ年内に面白い話が一、二本売り出せるとよいのですがな」

浩次郎は幹次郎を窺うように見た。

「大した話ではない、五両ほど儲ける話に乗ってくれぬか」

「年の瀬に五両はだれもが喉から手が出るほど欲しい。まさか危ない橋を渡れということは、神守様に限ってないな」

浩次郎が言い、さらに幹次郎の顔色を見た。

「五両の出所ははっきりとしておる」

と前置きした幹次郎は南町奉行所から五両の報奨が番方と幹次郎に出たことを告げた。

「そいつは知らなかった。その五両をわっしにくれると申されますので」

「吉原の客足が遠のいておることは承知だな」

「紋日を多く作り過ぎたせいでございましょ」

「そいつを来春から、つまりは正月二日の商いから元へ戻す」

「ほう、それほど吉原が苦しいというわけだ」

「浩次郎どの、このことを明日の読売で大々的に書き立ててくれぬか」

「吉原のお先棒を担ぐ資金が五両、神守様と番方の仙右衛門さんの報奨を当てようという考えでございますか」

「まあ、そんなところだ」

幹次郎は名入りの報奨金の包みを差し出したが、浩次郎は受け取ろうとはしなかった。

「神守様も損な性分だね、いくら吉原が苦しいからっておまえ様方の懐を痛めることはねえや。だが、待てよ、工夫次第で話が広がるかもしれねえな」

「浩次郎どの、薄墨太夫に願ったことがある」

「なんですね」

「吉原も正月二日が商い始め、遊女衆は見世の格式に従い、その楼のお仕着せの小袖に身をつつみ、賀礼として仲之町道中に出て、贔屓の茶屋などを回って寿を祝うな。かようなことはそなたが百も承知のことだ。この晴れやかな仕来たりに色をつけたい」

と幹次郎は浩次郎に薄墨と話し合った考えを述べた。

ふっふっふふ
浩次郎が満足げに笑った。

「神守様は剣も凄腕だが、才気もなかなかでございますな。ようございます、本日じゅうに仕度をして読売を明日にも派手に撒きましょう。わっしらは勘と働きで儲けるのが常道だ。五両の使い道はなにかのために取っておきなせえ」

しばし沈思した幹次郎は、

「相分かった」

「吉原が紋日を元に戻すのはなかなかの英断だ。こいつの裏話を含めてね、書き立てますよ。むろん神守様に迷惑がかからぬようにします、ご安心くだせえ」

「信頼しておる」

幹次郎が吉原に戻ったのは、夜見世が始まる刻限だ。背に大風呂敷を負った手代ふたりと小僧を従えた姿だった。

「なんだ、そなた、なにを購って参った」

帰り仕度の村崎同心が尋ねたが、幹次郎は取り合わずに会所に入った。ちょうど三浦屋四郎左衛門を見送りに来た四郎兵衛が、

「神守様、なにを購ってこられました」

と手代らを見た。

「染屋にて新春を寿ぐ手拭い千二百本を買い求めて参りました」

「まさか町奉行様から頂戴した五両で購われたのではございますまいな」

「まあそのようなところにございます。三浦屋の主様にもお断わりせねばならないことがございます。しばし時を貸してくれませぬか」

四郎兵衛と四郎左衛門が踵を返して奥座敷に戻り、

「金次、手代さん方から手拭いを受け取れ」

と願った上で、

「ご苦労であったな」

と礼を述べた幹次郎が奥座敷に向かった。

話し合いはおよそ一刻にわたった。

翌日、大晦日の昼前より読売『世相あれこれ』が江戸じゅうで売り出された。

読売に曰く、

「吉原の紋日、新春より旧に復する」

と大書された文字が躍り、

「初見世の年礼道中には格別な催しありて、全盛の薄墨太夫、高尾太夫をはじめ、吉原は例年以上の賑わいを繰り広げることが決まり候」

となんぞ秘めた催しがあることが告げられていた。

その『世相あれこれ』のふたつ目の読み物は、

《老中松平定信様のご改革に反して、某大身旗本が下屋敷にて賭場を開き、武家方、僧侶神官、大店の主などが南町奉行所および御目付衆の出役にて捕まりたることはすでに『世相あれこれ』にて報告したり。この賭場の胴元は大木戸の六造なる渡世人であり、この六造の用心棒侍は二天一流の遣い手、南部豪之丞なりしが、この者を相手して眼志流居合浪返しで一撃のもとに屠ったは、吉原会所の「裏同心」なり》

と戦いの様子が事細かく描写され、大晦日の江戸を賑わした。

大晦日前の吉原の遊女衆は大忙しだ。

日ごろ親しんだ筆に想いを込めて贔屓客を大晦日の仕舞い客に呼ぶための文を認めた。

正月松の内の初めての客は、年の内の仕舞い客だった者を迎えるのが吉原の吉例であった。

そんな大晦日の夜、大籬の三浦屋の台所では大釜に注連縄が飾られ、蓋の上には十二燈明が点り、一年の平穏無事を感謝していた。

そんなところに狐の扮装に狐の面を被った狐舞が笛太鼓のお囃子も賑やかに舞い込み、

「ご祈禱ご祈禱、とんちきとんちきとんちきち」

とその場にいた新造や禿に抱きつこうとした。

この狐舞に抱きつかれるとその翌年に身籠るという言い伝えがあって、新造や禿は必死になって広い三浦屋の台所を逃げ惑った。

そんなところに薄墨が姿を見せた。

「薄墨様、たいへんです」

と禿が薄墨の手を引こうとしたが、太夫は平然としたままで狐舞に抱きつかれた。

「ああ」

と悲鳴が禿たちの間から上がった。

「お狐様」

と狐舞に抱きつかれた薄墨が小声で話しかけた。

「正月二日の道中、賑やかになりりんす」

「お願い申す」

と幹次郎の声が答えた。

「失礼を仕った」

「いえ、わちきはこのままで死んでも本望にありんす。あるいはそなた様の子を宿しても」

と薄墨が告げ、狐舞が恐れ入った体で、

「退散退散」

と言いながら三浦屋の台所から逃げ出していった。

吉原の寛政二年が終わろうとしていた。

引け四つの拍子木のあと、浅草寺の時鐘が百八つの煩悩(ぼんのう)を浄(きよ)める鐘を打ち出した。

吉原会所では全員が集まり、酒が振る舞われた。

「今年もなんとか無事に終わりました。ご苦労でしたな」

四郎兵衛が短く挨拶し、

「来年もお世話になります」

と一同を代表して番方の仙右衛門が七代目頭取に返礼した。

酒が注がれて全員で乾杯をなすと、四郎兵衛から餅代が全員に渡された。番方が最初で、最後に幹次郎が頂戴した。

「神守様、来年も宜しゅう願います」

「吉原の客足が戻ってくるとよいのですがな」

「いえ、すでにその傾向がございます。まさか神守様が読売屋に仕掛けておられたとは、驚かされましたよ。それも身銭を切っての行いだとは総名主の四郎左衛門さんも恐縮しておられました」

「奉行所からの報奨金はそれがしのものだけではございません。番方の分も入ってございます」

「それはそうですが、嫌な思いをなされたのは神守様にございましょう。ともあれ商い初めの正月二日が楽しみにございますよ」

四郎兵衛が幹次郎に言った。

「神守様、島原屋の繁蔵さんですがね、御寮に移ったのがよかったようです。元気になったとお縫が伝えに来ましたよ。繁蔵さんももう一度桜が咲いたのを見るんだと、お縫が作るご膳をしっかりと食べているそうです」

「それはよかった」

師走にきてあれこれと立て続けに事が起こったが、なんとか年越しができそうだ。

「神守様、番方、おまえ様方は恋女房のもとへ帰りなされ」

四郎兵衛に催促されてふたりは会所をあとにした。

閉じられていた通用口を出ると、もはや五十間道に人影はなかった。

百八の鐘がつき鳴らされ、吉原界隈に静寂が訪れた。

「また新しい年が始まりますな」

仙右衛門の声がしみじみと言った。

煩悩の　鐘鳴り響き　大晦日

幹次郎の頭にそんな言葉が浮かんだ。

ふたりはゆっくりと五十間道から衣紋坂へと上がっていった。

「もはや新しい年、寛政三年を迎えた」

「わっしらは未だ旧年を引きずってますぜ」

「お芳さんや相庵先生と年越しそばを食せば、気持ちも新たになろう」

「神守様は、柘榴の家で汀女先生と過ごす初めての大晦日ではございませんか」

「そうか、そうであったな。今年もいろいろあったで、ついそのことを忘れておった。身内も増えた、おあきに黒介とな」

「どうですね、汀女先生に願って実の子を生すというのは」

「われらはもはや無理であろう、黒介で我慢じゃな。その代わりと言うてはなんだが、新春にはお芳さんとそなたの子が生まれる。番方も親父様だ」

「親父ね、そんな気がしないのはなぜでしょうな」

「生まれれば嫌でも親の顔になる」

「そうでしょうかね」

と仙右衛門が答えて顎を撫でた。

「よい年をな」

「神守様もよい年を」

とふたりは、見返り柳の前で二手に分かれた。

四

神守幹次郎と汀女は、元旦はいつもより一刻以上も遅い五つ近くに起きた。

大晦日、ふたりは囲炉裏端で一合の酒を酌み交わして年越しそばを食し、あれこれと騒ぎが多かった寛政二年を思い起こし、柘榴の家で静かに過ごす幸せをしみじみと感じた。

「姉様、ご苦労であった」

「幹どの、おまえ様のお力でかように贅沢な年越しができます」

と夫婦で言い合い、

「思い起こせばいろんな出来事があったが、なんとか落ち着くところに落ち着いた」

　と呟く幹次郎に汀女が顔を横に振った。

「なんぞ年越ししたことがあったか」

「ございました。幹どのはあまりにも多忙ゆえ失念しておられます」

汀女の視線が吉原の方角に向けられた。

　しばし沈思した幹次郎は気づいた。

「そうか、そうであったな」

(先に口にしないかぎり、われら夫婦とて差し出口はできまい。それとも姉様は玉藻様といっしょにいた若い男が懸念だったのか)

「玉藻様がときに心ここにあらずといった風情で、なにごとかを考えておられる折りがございます。幹どのが申されるように他人が口を挟むことはできません。でも、料理人の正三郎さんがやはり玉藻様のことを気にかけておられるようで、『いくら血が半分いっしょだといえ、あの男はよくない』と呟かれたのを私だけが耳にしました」

　正三郎は、吉原の引手茶屋の料理人だったが、四郎兵衛がその腕と味に惚れて京に料理修業に出していた男だ。ゆくゆくは料理頭、重吉の跡継ぎにと四郎兵衛は考えていた。

京での修業ののち、浅草門前町に料理茶屋山口巴屋を店開きする折りに四郎兵衛に江戸へ呼び返されたのだ。

正三郎は、玉藻とは幼いころからの知り合いとか。

五十間道裏の建具屋の三男坊で長兄らは父親の建具職を継いだが、自ら望んで得意先の料理茶屋山口巴屋の料理人を務めることになった。

「姉様、正三郎さんと話したか」

「迷いました。正三郎さんは職人気質(かたぎ)で無口ですが、信頼の置ける方であることを思い出しました。そこで数日前にふたりだけの折りに尋ねてみました。そしたら正三郎さんが私を怖いような眼差しで睨みました」

正三郎は直ぐに自分の表情に気づき、

「これは失礼を致しました、汀女先生」

と詫び、

「玉藻様の異母弟のことをご存じでしたか」

と尋ね返した。

「偶然にもわが亭主が若い男と玉藻様が歩いているところを見かけましたのです」

と甚吉ではなく幹次郎が目撃したことにして、年恰好や風采、体つきなどを告げた。

正三郎はしばし黙考し、口を開いた。

「どこでどう自分の親父が吉原会所の四郎兵衛様と知ったか。あやつ、親父様を避けて異母姉の玉藻様に会っては、なにかと無心しているようなので」

「やはり異母弟なのですね」

「神守様が見かけた若い男がそうとは言い切れませんや。ですが、形、年恰好からみて、あやつに間違いございますまい」

「玉藻様がその者に金子を渡す理由はございませんね。その者の母親と七代目が別れる折り、それなりのものは渡してあると聞きました」

「ようご存じだ」

「玉藻様を呼び出される男は異母弟で間違いございませんか」

汀女は念を押した。

「へえ、わっしも一度だけだが見かけたことがございます。神守様が見た男とまるでそっくりでございますよ、まず間違いない」

「正三郎さん、なにか他に承知をされてますか」

「玉藻様はどうやらあの男が異母弟ならば会所の八代目頭取、それが無理ならせめて引手茶屋を継がせようと考えておられるのではございませんか。そんな玉藻様の考えを察して、あやつはあれこれと異母姉の玉藻様の気持ちを揺さぶってやがる」

　正三郎は怒りからか、異母弟の名は口にすることがなかった。一方でそれなりに調べた様子があった。

「汀女先生、七代目が知ったら、激怒されましょうな。どだい、あやつには引手茶屋の跡取りですら無理な話だ。玉藻様もそのことを感じておられるゆえ、悩んでおられるのでございましょう。ですが、わっしらにはどうすることもできない」

　汀女は、正三郎がもっと玉藻の異母弟について承知していると思った。だが、正三郎はそのことを話す気はないらしい。

「正三郎さん、なにかそなたのお気持ちが変わった折り、あるいは玉藻様が困るようなことが生じたと知られたとき、私たち夫婦に話してくれませんか。幹どのが必ずや決着をつけてくれます」

「そうでしたな、玉藻様の近くには神守様ご夫婦がおられましたな」

と呟くように言った正三郎が汀女に、大きく頷いた。


そんな話をしたりして眠りに就いたのは八つ（午前二時）近かった。そんなわけで起きるのが五つになった。

すでにおあきが囲炉裏に火を熾していた。

幹次郎がこの年最初の井戸水を汲んで神棚に若水を供えて、その水で汀女が雑煮を作った。

囲炉裏端に夫婦とおあきの膳が並べられ、膳脇には正月料理を詰めたお重があった。

この正月料理は、汀女が料理茶屋山口巴屋の料理人正三郎といっしょに拵えた京風のもので、四郎兵衛と玉藻にもお重詰めにして届けられていた。

祝い鯛の塩焼きを載せた大皿をおあきが緊張の顔で運んできた。

黒介がその足元に従っていた。汀女がさらに二段の重箱を抱えてきた。

汀女がお重の蓋を開けると、彩りも鮮やかな正月料理が幹次郎とおあきの目に飛び込んできた。

一の重は、

「紅白なます、数の子、黒豆、はららご（いくら漬け）、田作り、栗甘露煮、奉書巻」

二の重は、

「海老芋、慈姑、蓮根、とこぶし、伊達巻、鱈子煮、穴子八幡巻、鰆の焼き物」

などが盛られ、これに祝い鯛の塩焼きが加わってなんとも見事だった。

「ああー」

おあきが悲鳴のような驚きの声を上げた。

「私、こんなご馳走、見たのは初めてです。うちの長屋の正月料理は、味噌汁に餅を入れただけのもので、格別にふだんと変わった食べ物なんてありません」

「おあき、それがしもかように凝った食い物を初めて見た。姉様が作ったものか」

「正三郎さんと暮れになって話しているうちに京料理が話柄に上り、松の内は、この京風の正月料理をお客様にお出しすることになりました。お馴染様にはこのことをすでに話してございますし、その他の方々には文でお誘いしておりますがなかなかの評判です」

「そうか、われら、山口巴屋の客人より先に食するか」

「見ていてもしようがありませんよ。皆で正三郎さんの腕前をご馳走になりましょう」

汀女が言い、お重から幹次郎とおあきの分を皿に盛りつけて、それぞれに渡した。

おあきが遠慮したので幹次郎が屠蘇（とそ）を自分と汀女に注ぎ分け、

「寛政三年の正月おめでとうござる」

と改めて慶賀の詞を述べて三人で祝し合い、箸をつけた。

「正月料理ってこんな味なんだ」

おあきの両目が潤んでいた。

汀女も幹次郎もおあきの心中を察することができた。家の者らといっしょに食せたら、どんなにか美味しいだろうと考えているのだ。

ふたりはそのことに気づかないふりをして、

「黒介、おまえにもご馳走のおすそ分けです」

と祝い鯛の身を少しだけほぐして黒介に与えた。

正月料理を食したあと、幹次郎ら三人は初詣でに浅草寺に行った。そんな風に長閑な元日が過ぎていった。

正月二日、吉原も浅草寺門前の料理茶屋山口巴屋も年初めの見世開きをした。

春らしい若草色の小袖に羽織袴姿の幹次郎は、寛政三年の正月二日に初めて大門を潜った。

昼前のことだ。

面番所を見ると、だれの姿もなかった。

「神守様、おめでとうございます」

と晴れ着用の長法被(ながはっぴ)を着た仙右衛門の髷が艶(つや)やかに光っていた。

「番方、おめでとう、本年も宜しくお付き合いのほどを願う」

「こちらこそ」

仲之町の左右の引手茶屋の前に門松や松飾りが並んであった。松の緑がいつもの吉原に清々しくも新鮮な感じを与えていた。

長命菊とも呼ばれる雛菊(ひなぎく)の鉢植えが仲之町をふたつに分けて可憐(かれん)にも並べられていた。

会所の若い衆と鳶の連中が仲之町の両側に立ち、寺社に参拝した帰りや正月の祝い酒の酔いを醒ましにやってきた客らを傍らに寄せた。客の数は例年通りと言いたいが、いつもより少なかった。

(読売の効き目もなしか)

と幹次郎は思いながら人影が消えた仲之町を見た。人除けされたために水道尻まで人影はない。

そのとき、吉原裏の田圃から、

どーんどんどん!

音が三発響いて花火が打ち上げられた。

この企ては幹次郎も知らなかった。四郎兵衛らが画策したのだろうか。

花火の音が消えて青空に白い煙が棚引いた。

不意に賑やかにも大黒舞の調べが流れて、門付芸が御免色里の吉原の春を愛でた。

ちゃりん

と鉄棒の輪が鳴り、京町一丁目から花魁衆の年礼道中が姿を見せた。京一の三浦屋の薄墨と高尾の両太夫が先頭を行く。

ぱあっ
と吉原に華が咲いたようで、艶やかな空気が吉原に漂った。

「よう、江戸一、高尾太夫！」

「日本一、薄墨様！」

と贔屓筋が声をかけ、ふたり太夫の外八文字の揃い踏み道中に廓の客が沸いた。

そのとき、幹次郎は大門からぞろぞろと客が吉原を訪れる光景を見た。

その先頭に『世相あれこれ』の主人にして書き手の浩次郎の得意げな姿を認めた。

「これはこれは」

四郎兵衛の声がして、

「神守様、そなた様の策がどうやら当たりましたな。この様子だと例年に倍する客が詰めかけますぞ」

と喜びの言葉が続いた。

「いえ、七代目の打ち上げ花火が効きました」

高尾、薄墨両太夫の道中が揚屋町の辻に差しかかったとき、両側の引手茶屋から色紙で作った花吹雪が舞い落ちてきた。

「おおおうおー」

と正月酒に酔った客が歓声を上げた。

薄墨太夫が胸元に差し込んでいた手拭いを取り出すと手拭いの端をそっと咥え、紅をつけた。その手拭いが客に向かって投げられ、客たちが目の色を変えて取り合った。

「お、おれが、薄墨太夫の紅つきの手拭いを取ったぜ」

と職人風の客が高々と上げて見せ、高尾太夫も薄墨に見倣い、紅つきの手拭いを客の間に投げていった。さらに両太夫に続く花魁道中から次々に紅を移した手拭いが客に配られて吉原はいつもの正月以上に盛り上がり、五十間道を詰めかけてくる客たちが、

「なにが起こっているんだよ」

「薄墨と高尾太夫が紅をつけた手拭いを配っているんだよ」

「なんだって、おれは薄墨の間夫だぜ。おれの許しなしに他所の男に色目を使いやがったか」

「てめえが薄墨の間夫なら、おりゃ、高尾の間夫だ」

と喚きながら大門を潜ろうとした。

「お客さん、ゆっくりとな、引手茶屋の軒下に回ってくんな。そこにも手拭いが飛んでくるからよ」

と金次らが声を嗄らして客を廓内に入れ、今や仲之町に花魁道中が次々に現われては花吹雪の中、紅つきの手拭いが飛び交った。

「神守様、おまえ様の策が大当たりしたね」

『世相あれこれ』の発行人でもある浩次郎が幹次郎の耳元に口を寄せて言った。そうでもしなければとても傍らにいる浩次郎の声が聞こえなかった。

それくらいの騒ぎが吉原に出現していた。

薄墨と高尾が待合ノ辻に姿を見せると、足を止めた。

拍子木が鳴らされ、騒ぎが鎮まった。

「皆々様、新玉の正月二日、明けましておめでとうございます」

と薄墨が凜とした声で年賀の言葉を口にし、

「今年もまた御免色里の吉原をご贔屓のこと、お願い奉ります」

と続いて高尾が挨拶すると、

「任せておきねえ、おまえさん方にはこの熊公がついていらあ」

と客が応じて、薄墨と高尾の手から手拭いが撒かれ、ふたたび騒ぎが始まった。

だった。

「この騒ぎがどこまで続きますかね」

四郎兵衛が幹次郎に声をかけたが、幹次郎にはよく聞こえないほどの賑やかさだった。

四郎兵衛が幹次郎と浩次郎のふたりを会所の中に呼び込んだ。

「この客の入りは久しく見ておりません。これが呼び水になって吉原に客足が戻ってくるとよいがな」

「手拭い配りは本日一日では勿体ないな、七代目。松の内の間続けませんか。吉原の煤払いに配った手拭いの残りがあるんじゃございませんか。わっしもさ、本日の吉原の様子は、読売にして明日にも売り出しますよ」

浩次郎が四郎兵衛に言った。

「よし、神守様が身銭を切った企てをこのまま終わらせてはいけませんな。紋日を戻すことを天下に知らしめるためにも松の内はこの催しを続けましょうか。となれば手拭いの手配だ。正月だろうがなんだろうが、知り合いの染屋に作らせますよ」

四郎兵衛が張り切った。

正月二日、吉原の初買いは、未曽有（みぞう）の人出で賑わった。馴染客たちも競うように楼に上がり、馴染の遊女に祝儀（しゅうぎ）を差し出すと粋にも、

「次の機会にゆっくりさせていただきます」

と言い残し、

さあっ

と引き揚げた。

そんな光景が引け四つ近くまで続いた。だが、それも終わりを告げていた。

幹次郎は独り夜廻りを続けた。

どの楼や茶屋からも大賑わいの年礼の高揚（こうよう）した興奮が伝わってきた。

幹次郎は、水道尻に立ち、人影がなくなった仲之町を見渡した。

ふと思った。

豊後岡藩江戸藩邸からあれ以来、なんの音沙汰もない、どうしたものか。むろん幹次郎にとって忘れてくれることが一番いいことだ。

初買いの　夜（よる）更けゆき　仲之町

幹次郎の脳裏にいつもの五七五が散らかった。

（年を経るごとに下手になる）

と思いながら京町一丁目に差しかかったとき、

「神守様」

と声がかかった。

薄墨太夫の声だった。

人影もない張見世の向こうに薄墨のほっそりとした姿態だけがあった。

幹次郎が格子に歩みより、

「本日は真に有難うございました。おかげ様で吉原が久しぶりに活気づきました」

と礼を述べると、

「わちきが申す言葉にありんす。おかげ様でどちらの楼にもお馴染様が大勢参られました」

と薄墨が礼の言葉を返し、格子から白い手を差し出すと、

「わちきの気持ちでありんす」

と一本の手拭いを差し出した。

「過日、煤払いの手拭いを頂戴した」

「この手拭い、吉原に身売りされた日に屋敷から持ってきたただひとつのものにございます。吉原で生きる自信を失くしたとき、この手拭いで首を括る覚悟でございました」

薄墨の言葉がいつしか加門麻の言葉遣いに変わっていた。

幹次郎は息を呑んでしばし沈黙した。

「それほどの覚悟をして生きてこられたか。ゆえに吉原の頂、松の位の太夫に昇り詰められたのですね」

「どのような形をしていても、この手拭いだけは肌身離さずにおりました。この手拭い、神守幹次郎様に預けます」

幹次郎はたそや行灯の灯りに薄く浮かぶ加門麻の顔を見た。

「吉原で生き抜く覚悟がようやくできました」

幹次郎は加門麻の汗と涙が染みた手拭いをそっと受け取った。幹次郎の手に薄墨の片方の手が重ねられ、離れていった。

寛政三年正月二日、初買いの夜が静かに更けていく。

幹次郎は、手拭いに込められた重い気持ちを切なくも感じていた。

二〇一五年十月　光文社文庫刊

光文社文庫

長編時代小説
狐舞 吉原裏同心(23) 決定版
著者 佐伯泰英

2023年3月20日 初版1刷発行

発行者 三宅貴久
印刷 萩原印刷
製本 ナショナル製本

発行所 株式会社 光文社
〒112-8011 東京都文京区音羽1-16-6
電話 (03)5395-8149 編集部
8116 書籍販売部
8125 業務部

© Yasuhide Saeki 2023
落丁本・乱丁本は業務部にご連絡くだされば、お取替えいたします。
ISBN978-4-334-79466-8 Printed in Japan

R <日本複製権センター委託出版物>

本書の無断複写複製（コピー）は著作権法上での例外を除き禁じられています。本書をコピーされる場合は、そのつど事前に、日本複製権センター（☎03-6809-1281、e-mail : jrrc_info@jrrc.or.jp）の許諾を得てください。

組版 萩原印刷

本書の電子化は私的使用に限り、著作権法上認められています。ただし代行業者等の第三者による電子データ化及び電子書籍化は、いかなる場合も認められておりません。